아버지를
찾아서

아버지를 찾아서

홍정욱 장편소설

초판 1쇄 발행 2025년 6월 20일
　　2쇄 발행 2025년 11월 12일

지은이 홍정욱
펴낸이 강수걸
편집 강나래 이선화 이소영 오해은 이혜정 한수예 유정의
디자인 권문경 조은비
펴낸곳 산지니
등록 2005년 2월 7일 제333-3370002510020050000001호
주소 부산시 해운대구 수영강변대로 140 BCC 626호
전화 051-504-7070 | 팩스 051-507-7543
홈페이지 www.sanzinibook.com
전자우편 sanzini@sanzinibook.com
블로그 http://sanzinibook.tistory.com

ISBN 979-11-6861-484-0　43810

* 책값은 뒤표지에 있습니다.
* 잘못 만들어진 책은 구입처에서 교환해드립니다.

홍정욱
장편소설

아버지를
찾아서

산지니

차례

그 아이	7
진이	28
열아홉 살 차이	53
시소 마음	77
무지개폭포	112
길	162
눈 내리는 밤	207
꿈	241
작가의 말	256

그 아이

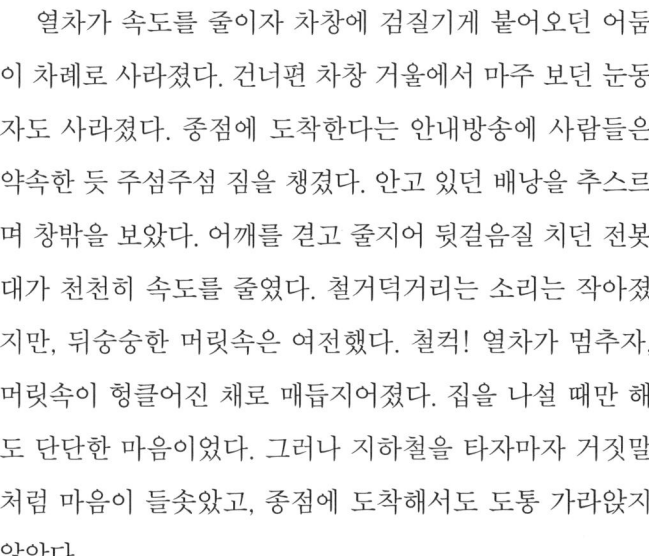

 열차가 속도를 줄이자 차창에 검질기게 붙어오던 어둠이 차례로 사라졌다. 건너편 차창 거울에서 마주 보던 눈동자도 사라졌다. 종점에 도착한다는 안내방송에 사람들은 약속한 듯 주섬주섬 짐을 챙겼다. 안고 있던 배낭을 추스르며 창밖을 보았다. 어깨를 겯고 줄지어 뒷걸음질 치던 전봇대가 천천히 속도를 줄였다. 철거덕거리는 소리는 작아졌지만, 뒤숭숭한 머릿속은 여전했다. 철컥! 열차가 멈추자, 머릿속이 헝클어진 채로 매듭지어졌다. 집을 나설 때만 해도 단단한 마음이었다. 그러나 지하철을 타자마자 거짓말처럼 마음이 들솟았고, 종점에 도착해서도 도통 가라앉지 않았다.
 '아버지를, 만나러, 간다.'
 소리 하나하나를 다듬듯 혀로 굴리며 흔들리는 손잡이가 멈추길 기다렸다. 열차가 멈출 때, 한 번에 출렁거린 손잡이들이 천천히 힘을 잃어갔다. 어금니를 다물며 일어섰지만 머릿속 헝클어진 실타래를 한쪽으로 욱여넣는 기분이었다. 일부러 허리를 곧추세우고 천천히 걸어 열차 밖으로 나왔다.

열차 밖은 바람이 매서웠다. 열차가 빠져나간 철로를 따라 달려오던 바람이 창문을 흔들며 휘파람 소리를 냈다. 목도리를 두르고 옷을 여몄다. 사람들이 에스컬레이터 입구로 모여들었다. 사람들 틈에 끼여 저절로 잰걸음이 되었다. 사람들 무리에서 벗어나 옆에 있는 계단을 걸어 올랐다.

지하철역을 빠져나와 잠시 머뭇거렸다. 날숨에 입김이 하얗게 쏟아졌다. 종합터미널과 도로로 나가는 갈림길이었다. 찬바람을 맞았지만, 풋잠에서 깬 듯 맹맹했다. 힐끗 시계를 보았다. 아직 여유가 있었다. 걸으며 머릿속을 바꾸고 싶었다.

진이와 무지개폭포에 갔을 때 버스를 탔던 정류소를 지났다. 버스 정류소를 지나자 눈에 띄게 사람이 줄었다. 건너편은 식물을 키우는 비닐하우스 농장이 길을 따라 길게 이어졌다. 농장은 모두 문을 닫고 웅크려 종종거리는 사람들을 못 본 척했다. 닫힌 문틈을 비집고 파고드는 바람만 자투리 비닐을 흔들어댔다. 멀리 금정산 능선 위로 재색 하늘이 무겁게 내려앉아 있었다.

몰려가는 구름 사이로 언뜻언뜻 빛살이 보였다. 빛줄

기가 비치는 쪽으로 몸을 돌리자 공덕산이 햇빛을 등지고 금정산과 마주 보고 있었다. 공덕산 꼭대기에는 금빛 테두리를 두른 구름 조각들이 부챗살 같은 빛줄기에 베이며 산 너머로 몰려갔다. 구름을 몰고 가는 바람 소리가 들리는 듯했다.

금정산과 공덕산을 번갈아 바라보며 '아버지를 만나러 간다.' 다시 또박또박 말해보았다. 말 앞에 '지금, 이제, 나는, 정말, 드디어'들을 붙여 되씹었다. '나는 아버지를 만나러 간다.'라고 할 때 가장 단단히 매조지는 느낌이었다. '나는 아버지를 만나러 간다!' 걸음을 돌려 매표소로 들어갔다.

매표소에는 도시마다 다른 출발 시각을 알리는 불빛이 쉴 새 없이 깜빡거렸다. 깜빡거리는 불빛에 마음이 바빠졌다. 동대구행 매표소는 아직 문이 닫힌 채였다. 대기실 의자에 앉아 불빛에 끌려오는 사람들을 바라보았다. 새벽에 집을 나온 저 사람들은 어디로 갈까? 누구를 만나러 갈까? 저 사람들도 간밤에 잠들지 못했을까? 눈을 감고, 검색했던 청송 가는 길을 떠올렸다. 동대구 터미널에서 청송행 버스로 갈아타야 했다.

청송으로 가는 버스 편은 몇 번이나 바꾸었다. 부산에서 청송까지 바로 가는 버스도 있었지만, 출발 시각이 10시 지나서였다. 너무 늦었다. 아버지를 만나러 간다고 마음

먹었을 때부터 출발은 새벽에 하고 싶었다. 설렘과 무서움이 밀고 당기는 기분은 새벽 시간과 어울릴 것 같았다. 이리저리 맞추다 동대구 터미널에서 청송으로 가는 버스를 갈아타기로 했다. 동대구에서 청송으로 가는 길에 작은 도시를 여러 곳 거쳐 가는 것이 좋았다. 구불구불 흘러갈 그 시간을 차근차근 느껴보고 싶었다.

할머니에게 곧 출발한다고 문자를 보냈다. 문자를 보내며 아버지에게도 알려야 하나? 하는 마음이 불쑥 생겼다. 아버지를 떠올리자 또 마음이 흔들렸다. 눈을 감고 마른침을 삼키며 들쑥날쑥 일어나는 여러 가지 생각을 억지로 눌렀다. 오가는 사람들 사이를 걸으며 마음을 다독였다. 동대구행 매표소가 열리자마자 표를 샀다.

승강장이 있는 아래층으로 내려와 승객 대기석에 앉았다. 버스가 오가는 곳에서 갑자기 비닐봉지 한 장이 솟아올랐다. 바람을 채워 불룩해진 비닐봉지는 버스 사이를 지나가는 골바람을 타고 이리저리 쏠리다가 공중으로 떠올랐다. 껴입은 청소부가 빗자루를 휘저으며 쫓아가다 멈춰서서 멍하게 하늘을 쳐다보았다. 뒤에 앉은 누군가가 킥! 하고 짧게 웃었다.

청소부가 달려갔던 자리로 이마에 동대구라는 이름표를 붙인 버스가 들어왔다. 제일 먼저 버스에 올랐다. 일부러 발판을 힘주어 디디고 올라섰다. 자리를 찾아 등을 깊게 밀어 앉았다. 다른 마음이 비집고 나올 틈을 없애야 한다고 생각했다. 곧 차가 떨리더니 옆자리에 있던 버스가 앞으로 밀려갔다.

차창에 이마를 댔다. 차창은 온통 하얀 성에가 덮고 있었다. 직선으로 이어진 성에는 하얀 첨탑을 이어서 그린 세밀화 같았다. 버스가 터미널을 빠져나와 속도를 올릴 때쯤, 입김을 받는 차창에서 성에가 허물어졌다. 허물어진 성에는 물줄기가 되어 빗금으로 휘어지다가 끝을 날려버리고 뭉텅해지길 반복했다.

휘휘 물러서는 바깥 풍경에, 버스를 타기까지 맞닥뜨린 시간이 겹쳤다. 시간은 여러 모양을 한 채 아쉬운 듯 느리게, 또는 쫓기듯 빠르게 지나갔다. 하나하나 손으로 만질 수 있을 것 같았다. 등을 더 밀어 깊게 기댔다. 바퀴가 땅을 구르는 속도감이 등을 타고 오르며 몸이 저릿해졌다. 태어나서 가장 먼 길을 떠나는 여행이었다. 눈을 감았다. 여행에 오르기까지 보낸 시간이 만져질 것처럼 떠올랐다. 그 시간은 장면 하나하나가 구체적인 그림으로 나타났다. 그림들은 곧 슬라이드쇼처럼 차례로 한 장씩 펼쳐졌다. 흘러가는 사진 중, 한 장에 커서를 찍었다. 커서가 멈춘 곳은 초등학교 1학년 교실이었다.

할머니와 나는 담임 선생님을 마주 보고 나란히 앉아

있었다. 할머니는 오른손으로 내 왼손을 쥔 채 고개를 숙인 모습이었다. 나도 선생님과 마주 보지 못하고 비스듬히 왼쪽 아래를 보고 있었다. 할머니가 신고 있는 밤색 덧신이 낯익었다. 힐끗 보이는 선생님은 입꼬리만 힘주어 올린 어색한 웃음을 짓고 있었다.

처음 받은 숙제 때문이었다. 초등학교에 입학한 뒤 처음 받은 숙제는 도화지에 가족사진을 붙이고 아래에 설명을 쓰는 것이었다. 하루 전, 알림장을 읽은 할머니는 바람이 빠지는 풍선 인형처럼 천천히 표정이 변해갔다. 한참 망설이던 할머니가 앨범을 뒤적여 내민 것은, 삼촌이 나를 안고 산길을 오르는 사진이었다. 할머니는 사진 아래에 '삼촌과 할아버지 산소 앞에서'라고 짧게 써주었다.

아이들은 학교에 오자마자 숙제를 꺼내 책상 위에 펴두었다. 곧 아이들은 고개를 빼서 옆 책상을 기웃거리기 시작했다. 여기저기서 웃는 소리가 나더니 아이들이 몰려다니기 시작했다. 한군데에 모여 깔깔대기도 했다. 나도 아이들을 따라다니며 내놓은 사진들을 보았다. 사진 속에서 아이들은 모두 웃고 있었다. 엄마 아빠와 찍은 아이들이 많았고, 더러는 할머니나 할아버지나 강아지와 함께 찍은 아이들도 있었다.

사진을 둘러본 나는 숙제를 꺼내지 않았다. 수업을 시작하기 전, 선생님 옆으로 가서 숙제를 안 했다고 살짝 말했다. 무슨 까닭에선지는 몰랐지만 미리 말해야 할 것 같았다. 선생님은 가만히 바라보다가 눈을 맞추고 천천히 말했다.

"김연수구나. 선생님은 학교에서 연수를 도와주는 사람이예요. 연수에게 필요한 것이 무엇인지 알아야 도와줄 수 있겠죠? 그래서 연수가 집에서 어떻게 살고 있는지 알고 싶은 거예요. 정말 숙제를 안 했나요?"

선생님은 작은 목소리로 말했지만, 내겐 귀에 대고 말한 듯 크게 들렸다. 선생님을 마주 보고 눈만 껌벅거리다가 아무 말도 하지 못하고 자리로 돌아오고 말았다. 선생님은 자리까지 따라와서 다시 말했다.

"가방을 열어봐요. 부모님이 챙겨주셨을 거예요. 함께 찾아봐요."

가방을 움켜쥐고 선생님을 쳐다보았다. 선생님은 가방을 잡으려다 멈춘 뒤 고개를 갸웃거리며 한참 동안 서 있었다. 나는 버티다 다시 선생님 얼굴이 가까이 내려오자 겨우 말했다.

"우리 집에는 가족사진이 없어요."

선생님은 움찔하며 눈을 크게 떴고, 나는 울음을 참고 화장실에 가겠다고 말했다.

그날, 학생들을 보내던 선생님은 교문에서 할머니를 만났다. 잠시 이야기를 주고받은 두 사람은 교실로 갔다.

나는 열 걸음쯤 뒤처져서 따라갔다. 빈 교실에서 선생님 앞에 할머니와 나란히 앉았을 때, 선생님은 내게 물었다.
"연수는 아까 가족사진이 없다고 했는데 정말인가요? 왜 그럴까요? 할머니 앞에서 다시 말해봐요."
선생님은 할머니를 바라보다 나와 눈을 맞추고 말했다. 큰 눈으로 가까이 다가오는 선생님이 무서웠다. 거짓말하는 버릇을 고치겠다는 표정이었다. 얼굴을 돌려 할머니를 바라보았다. 할머니는 고개를 숙인 채 쥐고 있던 내 손만 조몰락거렸다. 나는 눈을 돌려 선생님 뒤 칠판을 바라보았다. 왼손등에 동그라미를 그리던 할머니 손가락이 뚝 멈추었다. 할머니는 무슨 말을 하려는 듯 천천히 고개를 들었다. 내가 대뜸 말했다.
"가족사진이 없는 걸 내가 어떻게 알아요?"
그 아이가 내 속으로 들어와서 말을 하고 사라지는 것을 느꼈다. 할머니는 놀란 듯 다시 고개를 푹 숙이며 내 손을 힘주어 쥐었다. 선생님은 놀란 듯 교실 뒤편을 바라보다 의자를 뒤로 밀며 말했다.
"그래, 네가 그걸 알 수는 없지."
할머니는 다시 내 손을 그러쥐었다. 나는 내 속에 들어와서 말을 하고 사라진 그 아이를 생각하며 칠판을 바라보았다.
숙제를 내지 못한 까닭을 그때도 분명히 알았다. 다른

아이들이 내놓은 것을 보자마자 알았다. 다른 아이들이 내놓은 사진이 잘 다듬어 완성한 작품이라면, 할머니가 준비해준 것은, 만들다가 그만둔 것이었다. 그날, 선생님이 억지로 숙제를 꺼내려 했어도 절대 내놓지 않았을 것이다. 교실을 나와 집으로 가는 길에 할머니와 나는 약속한 듯 아무 말도 하지 않았다.

그 전부터 엄마와 아버지는 입에 올려서 안 되는 말이었다. 누가 시켜서 그런 건 아니었다. 저절로 알게 되었다. 언제, 누구에게서 들었는지 모르겠지만, 엄마와 아버지는 내가 돌이 되기 전에, 같은 날 교통사고로 돌아가셨다고 알고 있었다. 텔레비전에 아이 손을 잡고 걸어가는 가족만 나와도 눈이 붉어지는 할머니를 보곤 했다. 그런 표정을 읽으며 저절로 그리됐을 것이다. 책을 읽을 때나 글을 쓸 때가 아니면, 엄마나 아버지라는 말을 입에 올리지 않았다.

글자로는 종종 썼다. 주로 어머니, 아버지 이렇게 썼다. 이상하게 엄마, 아빠라는 말은 쓸 수가 없었다. 혼자 있을 때도 두 말을 쓰려고 하면, 연필 끝이 떨리고 코가 시큰거렸다. 그러나 솔직하게 말하면, 엄마라는 두 글자를 써본 적은 있다. 분명히 기억한다. 귀에 들리도록 가슴에서 쿵쾅대는 소리가 나다가, 손바닥에 땀이 났고, 갑자기 오줌이 마려웠다. 썼다가 얼른 지울 수밖에 없었다.

유치원에 다니지 않았던 나는 텔레비전을 보면서 글자를 익혔다. 띄엄띄엄 글자를 읽자, 할머니는 칸 공책을 사주었다. 네모 칸을 채워 글자를 베껴 쓰면 뭔가를 가득 채운 듯 뿌듯했다. 얼마 지나지 않아 읽을 수 있는 글자는 보지 않고도 쓸 수 있게 되었다. 그러자 삼촌이 일주일 치가 한 번에 오는 한글 학습지를 배달시켜 주었다. 내가 학습지를 펼치는 곳은 언제나 탁자가 네 개인 할머니가 차린 국수 가게였다.

그날 한글 학습지는 사진 아래에 알맞은 이름을 쓰는 것이었다. 가지, 사과, 강아지, 거위, 가위, 고양이 등 사진 아래에 맞는 낱말을 써나가다가 여자 어른 사진 아래에 있는 세 칸에서 어쩌지 못하고 망설였다. 어머니라고 써야 한다는 것은 알고 있었다.

갑자기 엄마라고 쓰고 싶었다. 한참 동안 세 칸을 노려보다 힐끗 할머니를 보았다. 할머니는 김이 솟는 큰 솥 옆에 앉아 시장 골목을 바라보고 있었다. 연필을 쥔 손에 땀이 나기 시작했다. 갑자기 화장실에 가고 싶고 숨소리가 커졌다. 그러다 토할 때처럼 막을 수 없는 어떤 힘이 마음속에서 나왔다. 그 힘은 내 손을 잡고 엄마라고 써버렸다. '엄'이 두 칸을 차지했다. ㅇ을 쓸 때 유독 더 힘을 주었다고 기억한다. 그러나 그대로 할머니에게 보여주지는 못했다. 지우개로 지운 뒤, 어머니라고 쓴 것을 내밀었다.

그 뒤로 이상한 일이 생겼다. 그날 내 손을 움직여 엄마라고 썼던 어떤 힘이 종종 나타나기 시작한 것이었다. 어느 날부터는 분명한 사람 모습을 갖추고 나타났다. 눈이나 코 모양은 뚜렷하지 않았지만, 나타날 때마다 나와 같은 또래였다. 그 아이가 나타났던 일은 아직도 대부분 기억하고 있다. 대개 내가 이러지도 저러지도 못할 때 나타났는데, 이를테면 이런 때였다.

어느 날, 할머니 가게에 자주 오던 할아버지 손님이 계산을 마친 뒤, 앉아서 책을 읽고 있던 내게 다가왔다. 할아버지는 말도 없이 갑자기 천 원짜리 두 장을 내밀고는 내 머리를 쓰다듬었다. 나는 돈을 받지 못하고 머뭇대며 할머니를 보았다. 할머니는 입술을 꾹 다물어 보였다. 받으면 안 된다는 뜻이었다. 할아버지는 괜찮다고 말하며 다시 지폐를 내밀었다. 그래도 나는 어찌지 못하고 우물거렸다. 그때 그 아이가 나타났다. 받아! 그 아이는 나만 듣도록 말했다.
그 아이가 시키는 대로 했다. 할아버지가 내민 돈을 들고, 골목 끝 가게에 가서 하드 세 개를 사 왔다. 멀뚱히 바라보는 두 사람에게 하나씩 내밀고 하나는 내가 먹었다. 남은 동전을 탁자 위에 놓자 두 사람은 마주 보고 눈만 멀뚱거렸다.

할머니 가게에 오는 손님들은, 나를 이름 대신 애물단지라 부르기도 했다. 오래지 않아 그 말뜻을 알아들었다. 또 애어른이라거나, 시근이 들었다고도 했다. 그런 말도 무슨 뜻인지 대강 알아들었다. 어른들은 표정으로 말뜻을 다 보인 뒤에 말로 했기 때문이다.

이런 일도 있었다. 초등학교 입학통지서를 받아둔 때였다. 할머니 국숫집 옆에는 채소가게와 과일가게가 나란히 있었고, 통로 건너 맞은편에는 시락국밥집이 있었다. 매일 얼굴을 보는 사이였다.

하루는 과일가게와 채소가게가 다투었다. 채소가게에서 무와 배추 진잎을 과일가게 쪽에 쌓아둔 게 원인이었다. 진잎이 짓무르며 나는 냄새 때문에 과일이 상했다고 손님들이 오해한다는 것이었다. 처음에는 아줌마들끼리의 말싸움이었다가 곧 아저씨들이 삿대질하는 싸움이 되었다. 할머니와 시락국밥집 할머니가 말렸지만, 아저씨들은 화를 삭이지 못했다. 남자 어른들이 싸우는 모습을 본 것은 그때가 처음이었다.

남자들이 씩씩거리며 가게로 들어간 뒤, 나는 채소가게로 갔다. 채소가게에서 밀쳐둔 진잎을 주워 안고 건너 시락국밥집으로 갔다. 갖고 간 배춧잎을 시락국밥집에서 내놓은 플라스틱 소쿠리 시울에 걸쳐두었다. 그 아이가 시키는 대로 했다. 시락국밥집 할머니가 하던 일을 흉내 내었다.

얼마 지나지 않아 소쿠리 두 개가 둥근 시울에 배춧잎을 걸치고 평상 위에 나란히 앉아 있었다. 처음부터 내가 하는 일을 물끄러미 바라보던 시락국밥집 할머니가 내 손을 잡고 통로로 나서더니 큰 소리로 말했다.

"하이고, 이 사람들아! 이 서울잔치국싯집 아아가 하는 짓을 쫌 보소. 늙은것들이 하는 짓이 울매나 같짢았으모 요 아아가 나서서 이라꼬. 요 꼬사리 겉은 손으로 해 낸 이 짓을 쫌 보소. 이파리가 마르모 시래기가 된다꼬 알고 한 짓을 쫌 보소. 누부 좋고 매부 좋고, 삼이웃이 다 좋은 이런 꾀를 우찌 냈을꼬? 젖멕이한테도 보고 배울 끼 있다더만, 하이구야. 보고 있는 내가 다 부끄럽네."

시락국밥집 할머니가 외치는 소리에, 사람들은 평상과 나를 번갈아 보며 수군거렸다. 삿대질하던 아저씨들만 실없는 사람이 되어버렸다. 곧 과일가게에서 사과 몇 알을 내놓았고, 채소가게에서 마실 것을 사 왔다. 아저씨들은 어색한 얼굴을 숨기며 악수했다. 시락국밥집 할머니가 내 머리를 쓰다듬으며 다시 말했다.

"요 쪼맨한 몸속에 영감이 몇 개나 들앉았는지 몰라. 흐흐."

가족사진 숙제 때문만은 아니겠지만, 여름방학이 되도

록 학교생활에는 흥미를 붙이지 못했다. 아이들과도 친하게 지내지 못했다. 아이들은 선생님이 칭찬하는 아이들하고만 놀았다. 반 학생 수가 홀수이기도 했지만, 둘씩 짝을 지을 땐 항상 혼자였다.

2학기가 되자 도서실에 갈 수 있었다. 처음 가본 도서실은 새로운 세계였다. 교실 수업을 마치자마자 가서 집에 갈 때까지 머물렀다. 조별 활동을 할 때 나와 같은 조가 되었다고 우는 아이가 있었다. 눈 둘 데가 없어 두리번거리는데, 마음속에 나타난 그 아이가 말했다. 괜찮아, 도서실에 가면 돼.

2학년, 3학년 때도 매일 도서실에 갔다. 교실에서는 외톨이였지만, 도서실은 누구나 외톨이로 있어야 하는 곳이었다. 학기마다 다독상을 받았다. 방학 중에도 도서실에서 시간을 보냈다. 읽은 책이 꽂힌 책꽂이를 지나면, 지나온 만큼 내 땅이 된다고 혼자 생각했다. 3학년 여름방학이 끝날 무렵에는 저학년용 책이 있는 교실 하나만큼이 내 땅이 되었다.

새를 잡은 적이 있었다. 4학년 때였다. 중앙현관 앞에 아이들 몇이 모여 있었다. 지나가는데, 새가 죽었다는 소리가 들렸다. 아이들 틈으로 들어가서 보니 유리창 아래에 새 한 마리가 배를 드러내고 누워 있었다. 날아가다 유리창에 머리를 박고 떨어졌다고 생각했다. 연두색 등과, 배에 하얀 무늬가 있는 새가 반쯤 부리를 벌린 채였다. 길이가 한 뼘쯤 되는 새는 눈이 특별했다. 눈가로 하얀 테두리가 그려져 있었다. 솜씨 좋은 사람이 눈시울을 따라 정성 들여 그린 것 같았다.

새를 둘러싸고 있던 아이 중, 5학년 형이 발을 뻗어 집적거렸다. 새가 뒤집혔다. 그러자 경쟁하듯 어디선가 작대기를 주워 온 다른 아이가 날개를 건드리며 다 들리는 목소리로 새가 죽었다고 말했다. 그 말을 듣고 몇몇은 물러섰고, 작대기를 쥔 아이는 더 가까이 다가갔다. 다가선 아이가 또 새를 뒤집었다. 물러선 아이들이 와! 하고 큰 소리를 냈다.

아이들 틈을 비집고 가까이 다가가서 뒤집힌 새를 보았다. 움찔! 하얀색 눈시울이 씰룩거리는 것을 분명히 보았다. 곧 벌어진 부리도 달싹거렸다. 쪼그리고 앉아 두 손으로 새를 잡았다. 작대기를 쥔 아이가 눈을 부라렸지만 물러서지 않았다. 마음속에 나타난 아이가 시키는 대로 했다. 새를 두 손으로 싸잡고 일어섰다. 작대기를 든 아이와 둘러선 아이들이 놀라며 물러났다. 손안에 든 새는 따듯했다. 나는 새가 죽지 않았다고 말했다. 아이들이 더 물러났다.

새를 쥐고 가만히 있었다. 조금 지나자, 손바닥에서 미는 힘이 느껴졌다. 새가 다리를 움직인 것이었다. 날개도

움찔했다. 그대로 더 있자 목을 움직였다. 손바닥을 폈다. 새는 놀란 듯 눈을 몇 번 깜박이더니 다리를 뻗대며 포륵 날아올랐다. 둘러선 아이들이 환호성을 질렀다.

새가 날아 들어간 동백나무 가지 사이를 한참 쳐다보았다. 손바닥에 쥐어졌던 크기와 부드럽고 따스한 느낌, 발톱으로 미는 약한 힘이 그대로 남아 있었다. 아이들과 떨어져 혼자 되었을 때 그 아이가 보일 듯 말 듯 웃으며 사라졌다.

다음날 도서실에서 도감을 찾아보고 그 새 이름이 동박새라는 것을 알았다. 큰부리까마귀, 비둘기, 까치, 참새, 직박구리, 장끼, 제비 다음으로 정확하게 생김새와 이름을 알게 된 새였다. 그 뒤로 동박새는 자주 눈에 띄었고 볼 때마다 서로 눈을 맞춘다고 생각했다. 내가 이름을 지어 준 것 같았다.

5학년 때는 이런 일도 있었다. 어린이날 다음 날, 보라색으로 머리카락을 염색한 전학생이 왔다. 내 앞자리에 앉았는데 앉자마자 끊임없이 꿍얼거렸다. 점심시간이 되자 익숙한 듯 남학생들을 불러 모아 밖으로 데리고 나갔다. 전학생답지 않았다. 그런데 며칠 지나지 않아 그 아이에 대한 뒷말이 들리기 시작했다. 이전 학교에서 친구를 때려서, 강제로 전학 온 것이라고 했다. 아이들은 선생님이 없을 때 개를 강전생이라 불렀고, 그 아이도 토를 달지 않았다. 강전생은 며칠 지나지 않아 남학생들 사이에서 우두머리로 굴기 시작했다.

개는 다른 아이들과 달리, 자기에게 싹싹하게 굴지 않는 내가 거슬렸던 모양이었다. 트집을 잡겠다는 듯 표가 나게 주변에서 어슬렁거렸다. 덩치가 커서 쉽게 어쩌지 못하는 것 같았다. 그러던 어느 날, 방과후학교 신청서를 받은 날이었다. 드디어 트집을 잡았다는 듯 강전생이 다가왔다. 급식실이었다. 밥을 먹고 있는데 옆에 다가와서 다짜고짜 말했다.

"야! 너, 거지충이라며?"

내가 학습비를 내지 않는다는 것을 누군가에게서 들은 모양이었다. 무슨 뜻인지 알아들었지만 대꾸하지 않았다. 그 아이와 함께 나를 둘러싼 몇몇이 킥킥거렸다. 눈을 맞추지 않고 젓가락 끝을 내려다보았다. 개는 고개를 더 가까이 디밀며 다시 말했다. 다가오는 얼굴을 피하다 잠시 눈이 마주쳤다.

"야, 넌 뭐든 공짜라며? 다 공짜로 받으면 거지 아냐? 거지가 학교에서 밥 먹으니 좋냐?"

아무 대꾸도 하지 않고 빤히 쳐다보기만 했다.

"야! 너, 일요일엔 우리 교회에 와서 밥 먹어. 노숙자도 많이 와! 너랑 어울리겠다."

둘러싼 아이들이 키득댔다. 젓가락 끝이 떨렸다. 그때

손을 잡는 힘을 느꼈다. 그 아이였다. 그 아이는 떨리는 손을 쥐고 가만히 있다가 입을 꾹 다물어 보인 뒤 말했다. 마음에서 힘을 빼!

고개를 돌려 선생님을 찾았다. 선생님이 해결할 일이라고 생각했다. 그러나 선생님은 보이지 않았다. 다시 손이 떨리는 것을 느끼며 눈을 감았다. 짧은 시간이 흐른 뒤, 그 아이가 내 입을 통해서 다시 말했다.

"철봉 뒤에서 기다려."

입 밖으로 나간 말에 나도 놀랐지만, 내려보던 그 녀석도 움찔했다. 옆에 선 아이들은 일시 정지에 걸린 듯했다. 걔도 주위를 둘러보며 급히 표정을 바꾸더니 씩 웃으며 밖으로 나갔다. 뒤에 섰던 몇도 우르르 따라 나갔다.

나는 남은 밥을 다 먹고 곧장 교실로 갔다. 선생님에게 급식실에서 있었던 일을 말했다. 그 아이가 시키는 대로 했지만 마음 한편으로는 좀 비겁하다는 생각도 들었다. 선생님은 곧장 반장을 불러 강전생을 데려오라고 했다. 반장과 함께 나타난 그 녀석은 선생님 옆에 있는 책상에서 반성문을 쓰는 벌을 받았다.

반성문을 쓰는 중간에 몇 번이나 눈이 마주쳤다. 그럴 때마다 강전생은 눈썹 사이를 좁혔다가 펴며 눈에 힘을 주었다. 반성문 정도로는 포기하지 않을 것 같았다. 어떻게 하든 마무리를 지어야겠다고 생각했다.

그때는 고학년용 책꽂이를 몇 개의 구역으로 나누어 점령하듯 읽어나가던 때였다. 어떤 구역이든 창작동화와 위인전 책꽂이부터 차지했다. 책을 읽으며 책과 다르게 이야기를 바꾸는 게 재미있었다. 주인공 자리에 내가 슬쩍 끼어들어 이야기를 맘대로 바꾸어가면 새로운 이야기를 만드는 것 같았다. 그런데 그 아이와 찜찜한 상태를 유지하면서는 책 속 이야기에 빠져들 수 없을 것 같았다. 이야기마다 내가 다르게 변해야 하는데, 그 아이와 다투는 역할로 묶여 있으면 안 될 것 같았다. 시간을 끌 이유가 없었다. 쪽지를 써서 몰래 녀석의 책상 서랍에 넣어두었다.

〈수업 마치고 강당 옆 체육 준비실로 와.〉

먼저 가서 기다렸다. 마음속에 다시 나타난 그 아이가 집으로 가라고 했지만, 이번에는 듣지 않았다. 떨렸지만 표를 내지 않으려고 마음을 단단히 먹었다. 그런데 한참 기다려도 그 아이는 나타나지 않았다.

다음 날 아침에 그 이유를 알았다. 내가 나가고 난 뒤, 녀석은 화난 표정으로 나타난 엄마 손에 끌려갔다고 했다. 반성문 쓰는 태도를 본 선생님이 엄마에게 문자로 이른 것이었다.

그런데 일은 엉뚱하게 꼬여버렸다. 책상 서랍에 넣어둔

쪽지를 다른 아이가 우연히 발견했고, 그것을 냅다 선생님에게 이른 것이었다. 그것을 본 선생님은 큰일이라도 벌어진 듯 붉으락푸르락 큰소리부터 냈다.

"그래, 둘이 만나서 어쩌려고? 치고받고 싸우려고 했니? 도서실에 다녀서 얌전한 줄 알았더니, 내가 너를 잘못 봤구나. 네가 깡패야? 어디서 이런 걸 배웠어? 이런 것도 학교 폭력이란 걸 몰라?"

변명할 틈도 주지 않고 쏘아붙이는 선생님을 보고 입을 다물어 버렸다.

나는 싸울 생각이 없었다. 체육 준비실에서 기다리며 할 말을 준비해 두고 있었다. 만나면 눈을 마주 보고 천천히 말하려고 했다. 나는 거지가 아니다. 앞으로는 내게 그렇게 말하지 마라. 그러면 나를 때리지 못할 것이라고 생각했다. 만약, 때린다면 몇 대 정도는 그냥 맞아주려고 생각했다. 그럴 자신이 있었다. 그러면 그 녀석도 나를 이기지 못한다는 것을 알 것이었다. 그런 뒤에도 계속 집적거리면 그때 싸워도 된다고 생각했다.

선생님은 내게도 반성문을 써 내라는 벌을 내렸지만 따르지 않았다. 매일 채근했지만, 아무 말도 하지 않고 일주일을 버텼다. 일주일이 되는 날, 수업을 마치고 선생님은 할머니에게 전화를 걸었다. 급식실에서 있었던 일부터 내가 쓴 쪽지 내용까지 알렸다. 나는 선생님과 할머니가 통화하는 동안 창밖으로 운동장만 바라봤다. 그날 저녁에도 할머니는 아무 일도 없는 듯 별다른 말을 하지 않았다.

엄마에게 끌려간 뒤로 그 녀석은 계속 학교에 오지 않았다. 따라다니던 아이들은 강전생이 할아버지가 사는 시골 학교로 다시 전학했다고 했다. 우두머리를 잃은 아이들이 내 신발에 물을 붓거나, 사물함을 헝클어놓거나, 서랍을 쏟는 등 집적거렸지만 반응하지 않았다.

그러다 갑자기 담임 선생님이 바뀐다는 말이 떠돌았다. 소문은 사실이었다. 선생님은 여름방학과 함께 출산휴가에 들어간다고 직접 말했다. 다른 선생님과 5학년을 마쳐야 한다고 했다. 반성문을 쓰지 않고 버틴 것 때문에 마음이 무거웠다. 다음날, 수업 마치고 아이들이 없을 때 선생님을 찾아갔다. 무슨 말을 하려는데 말이 나오지 않았다. 선생님도 물끄러미 나를 바라보다가, 새 선생님과 잘 지내라고 할 뿐이었다. 우물쭈물하다가 고개만 숙이고 나왔다. 방학을 1주일 앞두고 다른 선생님이 왔고, 학교생활은 이전으로 돌아갔지만 마음은 영 개운하지 않았다. 한동안 젖은 속옷을 입고 다니는 것처럼 찜찜했다.

진이

버스가 고른 소리를 내자 실내등이 꺼졌다. 고속도로에 들어선 듯했다. 눈을 감고 있었지만, 실내등이 꺼지는 것을 알아챘다. 눈시울은 빛을 촉감으로도 느끼는지 모른다고 생각했다. 이어폰을 끼고 허리를 더 깊이 기댔다. 노래를 듣다 잠이 들었으면 좋겠다고 생각했지만, 정신은 갈수록 더 말똥말똥해졌다. 커튼을 걷었다. 성에는 이미 다 녹아버렸다. 성에가 녹아 흘러내린 얼룩만 창문에 남아 있었다.

창밖에는 빈 논이 휙휙 뒤로 내달렸다. 논 위를 달려가는 회오리바람이 먼지기둥을 세우고 있었다. 뒤틀린 먼지기둥 속으로 지푸라기나 비닐 조각이 날아다녔다. 바람 소리가 들리는 듯했다. 먼지기둥은 논두렁을 넘어 기세 좋게 달려가다 개울을 건너며 허물어졌다. 살아남은 바람 줄기는 아쉬운 듯 이리저리 먼지를 날리다가 사그라졌다.

도서실에서 먼지기둥을 본 적이 있었다. 6학년 봄이었다. 운동장을 둘러싼 벚나무 꽃잎이 날리던 때였다. 수업을 마치고, 꽃무늬 장판이 된 운동장 구석을 걷다가 도서실에 간 날이었다.

책을 보다가 아이들이 지르는 큰 소리에 놀라 사서 선생님과 함께 창밖을 내려다보았다. 회오리바람이 꽃잎과 먼지를 뒤섞어 기둥을 세우고 있었다. 회오리바람은 하필 교문 쪽으로 방향을 잡아 집에 가던 아이들을 덮쳤다. 아이들은 소리소리 지르며 교문 앞에 줄을 선 학원버스로 숨어들었다. 교문 밖으로 나가 버스 정류소를 휩쓴 회오리바람은 사거리에서 길을 잃고 무너졌다.

아이들을 내려다보던 초등학교 도서실이 점점 뚜렷하게 떠올랐다. 도서실은 모든 곳이 익숙했다. 책꽂이 사이에 빗금으로 쏟아지던 햇살, 사서 선생님이 나를 위해 일부러 비워두었던 구석 자리, 내가 펼쳐놓은 도감과 내 얼굴을 번갈아 바라보던 아이들, 둥근 독서 의자에 누워서 잠들었던 1학년 아이…. 헌책과 다른 새 책의 냄새, 흘러가던 슬라이드가 천천히 멈추었다. 커서가 멈춘 곳은 진이가 처음 앉았던 도서실 책상이었다.

6학년이 되자 처음으로 사서 선생님이 부임해 왔다. 대학교를 졸업한 뒤, 첫 발령지가 우리 학교라고 했다. 봄방학 내내 도서실 문을 닫게 한 조명 시설을 바꾸는 공사도 끝나서 도서실 분위기가 단박에 바뀌었다. 사서 선생님은 도서실 벽면에 책 소개 포스터를 게시하거나, 책 내용으로 퀴즈 문제를 내는 등 여러 가지 독서 행사를 열었다. 도우미 어머니들이 돌아가며 도서실을 지키던 때에는 없던 일이었다. 나는 아이들이 몰리는 퀴즈 풀이보다 추천 도서 소개에 마음이 갔다.

선생님은 매주 금요일 점심시간에 도서실 복도에 있던 이동식 칠판에 추천 도서를 소개했다. 보기 드문 손글씨였다. 책 내용과 작가 소개는 물론, 함께 읽으면 좋은 책도 소개했다. 책꽂이를 정해 무작정 읽어나가던 내게는 새로운 독서법이었다. 덕분에 금요일 점심 급식은 항상 먹는 둥 마는 둥 했다.

사서 선생님과 금방 친해졌다. 처음에는 책 이야기만 했지만, 곧 교실 수업 이야기도 했다. 내가 선생님과 이런저런 이야기를 한다는 건 내가 생각해도 신기한 일이었다. 한번은 사서 선생님이 새 도감을 들고 와서 예전에 살려준 새를 찾아보자고 해서 깜짝 놀랐다. 내가 먼저 할머니와 둘이 산다는 이야기를 한 사람은 사서 선생님이 처음이었다.

사서 선생님이 담임 선생님과 전화로 내 이야기를 나누는 걸 들은 적이 있다. 책을 찾느라 책꽂이 뒤에 몸을 숙인 나를 보지 못한 듯했다. 사서 선생님이 담임 선생님을 언니라고 불렀다. 사서 선생님은 내가 읽은 책을 담임 선생님에게 말했고, 담임 선생님은 교실에서 공부하는 태도를 알리는 듯했다. 선생님들이 내 이야기를 주고받는 게 이상했지만, 싫지는 않았다.

　나무도감, 들꽃도감, 조류도감, 곤충도감도 자주 뒤적였다. 사서 선생님은 도감을 대출하는 사람은 내가 처음이라며, 직접 만든 책갈피를 선물해 주기도 했다. 한지에 꽃잎을 눌러 붙여 코팅한 뒤, 펀치로 뚫은 구멍에 빨노파 색실을 땋아 묶은 책갈피는 아직도 가지고 있다.

　도감을 대출한 주말에는 어김없이 산에 갔다. 간이 현미경 루페도 하나 샀다. 산에서 찍은 나무나 꽃, 새나 벌레 사진을 보고 도감에서 찾아 확인하면 재미있었다. 솔직히 말하면 처음에는 사서 선생님에게 자랑할 마음이 컸다. 담임 선생님에게도 자연스럽게 전해질 걸 기대하기도 했다. 그러던 것이 점점 습관이 되었다. 루페를 목에 걸고 도감을 배낭에 넣고 산에 가는 길이 좋았다. 산에서 도감을 펼치고 루페로 나무나 꽃을 살펴보면 신기한 모습에 놀라기도 했지만, 괜히 우쭐해지기도 했다. 누구에게도 간섭받지 않고 혼자 하는 놀이로는 더없이 좋았다.

　민물가마우지라는 새를 알게 되었다. 온천천을 따라 걷다가 날개를 펴고 앉아 있는 새 무리를 보았다. 처음에는 날개를 다친 줄 알았다. 새 떼가 한꺼번에 다치다니? 자세히 보니 다친 모습은 아니었다. 사진을 찍어 도감에서 찾아보니 민물가마우지가 보이는 특징이라고 했다. 한 달여 동안 민물가마우지를 보는 일에 빠졌다.

민물가마우지가 사냥하기 위해 물속으로 들어가는 모습이 재미있었다. 새는 적당한 곳으로 가서 목을 뽑아 올려 거리를 만든 뒤, 물속으로 힘차게 머리를 박았다. 물속에 들어가면 대개 15초 정도 있었다. 팔뚝만 한 물고기를 물고 나올 때도 있었다. 산 채로 물고기를 삼키는 모습을 보면, 나도 새를 따라 목을 쭉쭉 빼며 침을 삼키기도 했다.

물에서 날아오르는 모습도 자세히 보았다. 산에서 보는 새처럼 제자리서 날아오르지 않았다. 물 위를 힘차게 달리다 떠오르는데, 열세 걸음이나 열다섯 걸음을 달리면 몸이 물에서 떨어졌다. 공중에 떠오르면 해운대 쪽으로 날아가거나, 큰 원을 그리며 빙빙 돌다가 둑이나 울타리 아래에 나란히 줄을 지어 앉았다. 앉으면 날개를 펼치고 크기를 자랑하듯 고개를 흔들며 푸덕거렸다.

사진을 찍어 사서 선생님에게 알게 된 것을 말했다. 사서 선생님은 놀란 표정을 지으며 바로 담임 선생님에게 알렸다. 두 선생님 앞에서 같은 말을 한 번 더 해야 했다. 담임 선생님은 내게서 사진을 받아 출력하고, 내가 한 말을 적어 교실 게시판에 붙여두기도 했다.

학교 화단을 둘러보다 이름표가 떨어진 나무나 꽃에 이름표를 만들어 붙이기도 했다. 목공실에서 얻은 나무 조각에 도감에서 찾은 특징을 써서 꽂아두었다. 담임 선생님이 학교 신문을 만드는 선생님에게 알려 얼굴 사진과 함께 소개되기도 했다.

여름방학이 다가올 때쯤에는 도서실에 있는 고학년용 책꽂이도 거의 다 읽었다. 방학식 날, 담임 선생님은 다독상을 건네며, 내가 전교에서 책을 가장 많이 읽었다고 말했다. 아이들은 이미 알고 있었다는 듯, 성의 없는 손뼉을 쳤다. 박수가 끝나자 선생님은 〈청소년을 위한 세계 문학 전집〉을 내밀었다. 뜻밖이었다. 선생님은 웃으며 반에서 전교 다독상 수상자가 나온 기념이라고 했다. 집에 읽을 사람이 없어 뒹굴던 것이라고 말했지만 박스만 뜯었을 뿐, 새것과 같았다. 교실 책꽂이에 두겠다며 당연한 듯 나에게 관리를 맡겼다.

여름방학 중에도 매일 도서실에 갔다. 담임 선생님이 준 스무 권짜리 전집은 방학 동안에 다 읽었다. 읽다 보면 중학생이나 고등학생이 된 듯했다. 혼자 마음대로 시간 여행을 하는 기분이었다. 도서실에서 교사용 팻말이 붙은 책꽂이를 흘금거리기도 했다.

아이들이 나를 도서실 귀신으로 부른다는 것도 알았다. 아이들 사이에서는 관심을 받기 위해 애쓰는 아이를 관심종자라 하고, 줄여서 관종이라 불렀는데, 따돌림을 당하는 이유가 되기도 했다. 간혹 내가 관종이 된 건 아닐까? 하는 생각이 들기도 했다. 그러나 내게 해코지하는 아이는 없었다. 언제부턴가 아이들은 내가 하는 일에 대해서는 그냥 그러려니 하는 것 같았다.

그러다 도서실에서 진이를 만났다. 자주 만나는 동성 친구도 없던 내가 여학생인 진이를 만난 것은 놀랄 만한 일이었다. 진이를 처음 만난 날을 떠올리면 지금도 마음속에 아지랑이가 피어나는 것 같다.

차창 밖으로 희끗희끗한 들판이 보였다. 멀리 보이는 야트막한 산들은 희부옇게 내려앉은 하늘을 덮고 길게 누운 벌레처럼 보였다. 오르막이 한참 이어지더니 갑자기 앞쪽이 툭 틔었다. 고개에 올라선 것이었다. 앞선 차들은 꽁무니 양쪽을 빤짝거렸다. 버스는 가쁜 숨을 고르듯 천천히 속도를 줄였다.

창밖에 싸락눈이 보였다. 싸락눈은 차창이나 창틀에 부딪히며 비켜나갔다. 흰색 물감을 묻힌 빗방울이 떨어지는 것 같았다. 버스는 움직이다 멈추길 반복했다. 버스가 멈추면 도롯가 소나무 숲은 수묵 산수화가 되었다. 그림 가운데서 진이 얼굴이 떠올랐다.

진이를 처음 본 날은 6학년 2학기가 시작된 첫 주 금요일이었다. 사서 선생님이 담임 선생님을 통하여 책 정리를 도와달라고 부탁한 날이었다. 새로 들인 책을 책꽂이에 꽂는 일이었다. 새 책을 볼 생각에 급식을 먹는 둥 마는 둥 하고 도서실로 갔다.

책을 주제별로 나누어 책꽂이에 꽂아야 했다. 처음엔 선생님이 나누어준 것을 들어 옮겨 꽂기만 하다가, 나중에는 내가 나누고 옮겼다. 제목과 표지 그림만 보고 주제별로 책을 나누는 일은 재미있었다. 사서 선생님이 검사했지만, 바뀌는 것은 한 권도 없었다. 나눌 책이 더 많이 있었으면 좋겠다 싶었다.

책 정리를 마치고 도서실을 열자마자 들어온 여학생 한 무리가 유난히 큰 소리로 떠들었다. 힐끗 보니 네댓 명이 한 여학생을 둘러싸고 호들갑스럽게 떠들고 있었다. 얼핏 들리는 말은, 가운데 앉은 여학생이 걸그룹 누구와 닮았다는 것이었다. 나도 모르게 그 여자애에게 눈길이 갔다. 그 아이는 호들갑이 불편한 듯 이리저리 돌아보며 눈 둘 곳을 찾고 있는 것처럼 보였다. 그러다 나와 눈길이 마주쳤다. 눈길이 마주치자마자 둘은 동시에 고개를 돌려 눈길을 피했다. 잠깐 봐서인지 누구와 닮았다는 건지는 알 수 없었다.

그 아이를 다시 만난 곳은 학교 앞 건널목이었다. 도서실에서 본 다음 주 금요일이었다. 그날은 반송에 가볼 참이었다. 며칠 전, 할머니는 고추를 뽑아낸 빈 화분에 국화나 몇 포기 심었으면 하고 혼잣말을 했다. 못 들은 척하고 있다가 마음을 낸 날이었다. 오랜만에 할머니와 살았던 반송

집을 보고 돌아오는 길에 석대화훼단지에서 화분을 살 계획이었다.

버스 정류소 옆 건널목에 그 아이가 있었다. 신호등 기둥에 어깨를 기대고 비스듬히 서 있었다. 수요일에도 비슷하게 서 있는 모습을 본 것이 기억났다. 모두가 바삐 움직이는 교문에서 혼자 우두커니 서 있는 모습은 저절로 눈에 띄었다.

무슨 용기였을까. 끌리듯 발길이 그리로 갔다. 눈이 마주치자 그 아이는 옆으로 고개를 돌렸다. 얼굴을 바로 보지는 못했지만, 먼저 말을 붙인 건 분명히 나였다. 무언가에 홀린 듯한 날이었다.

"너… 별일 없으면 꽃 보러 갈래?"

그 애는 흠칫 놀랐지만 물러서지는 않았다. 주위를 둘러보더니 빤히 바라보며 말했다.

"나?"

"응."

"꽃 보러? 너랑 나랑?"

황당한 표정이었다.

"뭐, 그냥. 석대에 가면 꽃이 많아."

"석대? 거기가 어딘데?"

이번엔 대답이 빨리 나왔다. 목소리도 아까보다는 힘이 더 들어 있었다.

"석대 몰라? 반송 가는 길에 있는데. 아! 너 전학 왔지?"
"그래. 근데 왜?"
"아냐, 그냥….."
"꽃은 꽃집에도 많아."
쌀쌀맞은 말에 갑자기 얼굴이 뜨거웠다. 점점 말끝이 오그라들었다.
"석대에 가면 꽃집보다 훨씬 더 많아. 몇백 배도 넘어."
얼버무리는 내 말에 그 아이가 결정타를 날리듯 말했다.
"근데, 내가 왜 너랑 거길 가냐고?"
토막을 치는 듯한 말투에 겁이 났다. 그러다 퍼뜩 수요일에 본 것이 떠올랐다.
"너, 어디 갈 데도 없잖아."
"뭐?"
그 애의 표정이 싸늘하게 바뀌었다. 불량배라도 본 눈빛이었다. 마주 보지 못하고 지나가는 버스로 눈길을 돌렸다. 버스 그림자가 가로수를 지나며 부서졌다가 다시 모였다.
"내가 왜 갈 곳이 없어?"
힘이 들어간 목소리는, 화가 났다고 분명히 말하고 있었다. 그런데 제대로 만들어지지 않은 말이 또 불쑥 나가고 말았다.
"수요일에도 여기서 너 봤어."
"뭐? 너 스토커야?"

그 아이는 상체를 숙이며 대들 듯 다가오다가 획 돌아섰다. 아무 말도 할 수 없었다. 건널목을 건너가는 흰 운동화만 보였다. 발바닥이 까맸다. 너 스토커야? 쏘아붙인 말이 귀에 남아 한동안 사라지지 않았다.

덩그러니 혼자 남자 그때야 발가벗고 선 듯 얼굴이 화끈했다. 내가 낯선 아이에게 불쑥 말을 붙인 것은 정말 뜻밖이었다. 말을 하지 않아서 오해를 산 적은 많았지만, 먼저 말을 해서 문제가 된 적은 처음이었다. 말을 하면서도 뭔가 이상하다 싶었지만, 입을 막지 못했다. 입이나 머릿속이 고장 난 날이었다. 갑자기 추레해진 기분이 들어 반송에 가려던 마음을 접고 말았다.

그 여학생 이름은 허진, 7반이었다. 허진은 아이들 이야기에 꾸준히 오르내렸다. 아이들이 주고받는 말에서 피아노를 잘 친다는 것과 새로 지은 아파트에 산다는 것을 알게 되었다. 할머니가 분리수거장에서 나오는 것으로도 우리 같은 집 몇은 먹고산다던 그 아파트였다.

5학년 때, 한꺼번에 전학생이 몰려온 적이 있었다. 학교 옆 주택단지를 부수고 새로 지은 큰 아파트단지에 사람들이 입주할 때였다. 그때 온 아이들은 어딘가 좀 달랐다. 비슷한 때 전학 온 자기들끼리 표나게 더 어울렸고, 해운대에 있는 학원에 다니는 아이들도 많았다.

허진을 육교 밑에서 두 번인가 더 보았지만, 말을 붙이지 못했다. 새 아파트에 산다는 말을 듣고 주눅이 들어버린 듯했다. 교문에 허진이 보이면 운동장을 돌거나 보이지 않는 곳에서 기다렸다가 나가곤 했다.

그러다 허진이 먼저 말을 걸어왔다. 도서실에서 버섯 도감을 빌린 날, 역시 교문 앞이었다. 집에 가는 길에 잎이 바래는 벚나무에 곰팡이처럼 번져가던 노란색 버섯을 살펴볼 생각이었다. 어디선가 나타난 허진이 다가오며 말했다.

"너, 2반, 김연수지?"

"응. 넌, 7반, 허진?"

겨우 대답하고 고개를 숙여버렸다. 곧 잠시 마주 보고 섰지만, 둘 다 말을 잇지 못했다. 허진이 먼저 걸어갔다. 두어 걸음 떨어져서 따라 걸었다. 건널목을 건너자 무슨 말이라도 해봐야겠다는 마음이 꼬물꼬물 생겨났다. 몇 번이나 침을 삼키며 참았지만, 말은 기어이 입술을 비집고 나오고 말았다.

"야! 허진."

앞서가던 걸음이 뚝 멈추었다.

"저으기, 저번에 불쑥 말해서 미안해. 그리고 나, 스토커 아니야. 일부러 널 쫓아다닌 게 아냐. 그냥 서 있다가 우연히 본 거야."

"그건 됐고. 넌 왜 자주 거기 서 있어? 학원 안 가?"

"학원…? 난 학원 안 다녀."

"왜? 왜 학원을 안 가?"

"그냥 안 가. 처음부터 안 갔어."

"그래? 이상하네."

"넌?"

"나는 찾는 중이야. 내가 찾는 게 아니고 엄마랑, 이모랑, 할머니랑, 오빠가!"

"그래? 넌 좋겠네. 그런 것도 찾아주는 사람이 있어서."

"그게 왜 좋아? 너 마마보이야?"

"마마보이? 야! 허진! 난 마마보이 아냐."

"아님 됐고."

점점 다투는 것처럼 되어서 말을 멈추고 몇 걸음 앞서 갔다. 뒤따라오던 허진이 말했다.

"야! 너, 허진이라고 부르지 마! 선생님 같아."

"그럼 뭐라고 불러?"

"뭐라긴, 그냥 진이라고 불러. 그리고 진아!라고도 부르지 마."

"진이?"

"너, 오늘도 꽃 보러 가?"

"아니 뭐…. 정하진 않았어."

"그래? 그럼 잘 가."

"잠깐. 허진, 나 오늘 꽃 보러 갈 수도 있어."

"허진이라고 부르지 말래도."

"아! 미안. 너 혹시 꽃 사러 갈 일 있어?"

"아니, 살 건 아니고."

진이가 머뭇거리는 틈에 버스 정류소를 힐끗 쳐다보고 말했다. 주눅 든 마음이 사라지고 있었다.

"…가볼래?"

아까부터 입에서 맴돌던 말이었다.

"너, 계획 없다며?"

"아니, 정하지 않았다고 했어."

"가는 길은 아니?"

"저기 정류소에 반송 가는 버스가 서. 많이 가봤어."

"혼자?"

"그럼. 난 마마보이가 아니니까."

진이는 정류소 쪽으로 걸음을 옮겼다. 종종거리며 따라가는 내 모습이 우습다고 느낄 때쯤 진이가 갑자기 휙 돌아서며 말했다.

"너, 은근히 뒤끝 있다."

"뭐? 내가?"

"그래. 쪼잔하게…. 근데, 너 진짜 길 알지?"

"그럼. 반송 가기 전에 내리면 돼. 난 여기 오기 전에 반송에서 살았어."

"그래? 그럼 진짜로 가볼까?"

마음이 울렁거리기 시작했다.

"근데, 너, 떡볶이 먹고 갈래?"

떡볶이를 먹으면 반송에 같이 가는 게 확실해질 것 같았다. 말은 했지만, 내가 생각해도 뜬금없는 듯해서 어리둥절 서 있었다.

"갑자기 웬 떡볶이? 매운데……."

진이가 머뭇거리는 새 급히 말을 거두어들였다.

"하긴, 나도 매운 건 싫어."

갈팡질팡하는 내가 빤히 보여 부끄러웠다. 눈 둘 곳이 없어져 발끝만 바라보았다. 진이가 키득거리며 물었다.

"넌, 매운 게 왜 싫어?"

"왜 싫긴, 매우니까 싫지."

"그래? 그럼, 떡볶이 먹으러 가자. 킥킥."

진이는 짧게 웃은 뒤, 잽싸게 우정분식집 앞으로 걸어갔다. 힐끗 뒤돌아 따라오는 나를 확인하더니, 아주머니를 향해 큰 소리로 말했다.

"아줌마, 여기서 제일 매운 떡볶이로 주세요. 눈물이 팍팍 나게요."

나는 피식 웃고 말았다.

"눈물은 무슨! 떡볶이 먹고 우는 사람이 어딨냐?"

진이는 집었던 포크를 내리고 나와 떡볶이 접시를 번갈아 바라보았다. 검사라도 하겠다는 투였다.

"그래? 그럼, 이 떡볶이 혼자 다 먹어봐. 중간에 물 먹기

없기다. 그럼 인정할게."

"뭘 인정해?"

"음…. 떡볶이 먹고는 울지 않는다는 것. 음… 그래서 마마보이도 아니라는 것. 또 스토커가 아니라는 것도."

떡볶이를 먹으며 말을 많이 한다고 생각했다. 진이는 계속 말을 잇게 했다. 지금까지 누구와도 이렇게 이야기를 해본 적이 없었다. 겨우 두 번째, 따져보면 첫 번째 만나는 것과 마찬가지인데, 이렇게 이야기를 주고받을 줄은 생각하지 못했다. 읽었던 청소년 소설의 여러 장면이 떠올랐다. 지금 나는 내가 아니라, 소설에 나온 누구를 연기하고 있는 건 아닐까? 하는 생각이 들었다.

버스를 타고 가면서도 우리는 계속 다투었다. 나는 눈물을 흘린 게 아니라 눈시울에서 땀이 났다고 했고, 진이는 눈이 흘린 땀이 눈물이라며 분명히 울었다고 했다. 내가 억울하다고 하자 진이가 매조지듯 말했다.

"잘 들어! 발가락이 발인 것처럼, 눈시울도 눈이야. 힘들면 몸에서 땀이 나지? 눈에서 땀이 난다는 건 눈이 힘들다는 거잖아. 눈이 힘든 게 뭐겠어? 눈이 하는 일은 보는 거잖아? 그러면 네 눈은 뭐가 힘들겠어? 매운 걸 먹고 쩔쩔매는 주인을 보는 거! 쩔쩔매는 주인을 보고 눈이 뭘 하겠어? 마음이 아파서 엉엉 울어주는 거지. 그러니까 네가 자꾸 땀이라고 하는 것은 눈이 너를 보고 흘리는 눈물이야! 알겠어? 더 할 말 있어?"

"헉!"

"왜? 아니라고 말해봐? 타당한 근거를 대서. 국어 시간에 배웠지? 주장할 땐 타당한 근거를 대야 한다고."

"우와! 진짜. 어이가 없네. 근데, 뭐라고? 눈이 나를 본다고?"

"넌 눈이 바깥만 보는 줄 아니?"

"눈이 나를 어떻게 봐?"

"어떻게 보긴? 밤에 가만히 누워 있어봐! 마주 보는 눈이 있나? 없나? 하긴, 남자애들은 밤새 게임이나 하겠지."

"헐."

할 말이 없이 진이를 빤히 바라보았다. 곧 그 아이가 떠올랐다. 아! 진이에게도 그 아이가 있구나.

"그래서 울었다고 인정하겠다는 거야? 못하겠다는 거야?"

"그래. 매워서 울었다. 됐어?"

깨끗하게 항복했지만, 마음은 편해졌다. 진이에게도 그 아이가 있다니!

"진즉에 그럴 것이지."

환하게 웃는 진이는 왼쪽 볼에만 볼우물이 깊었다. 무슨 이야기든 더 잇고 싶었다.

"너 서울에서 살았어?"

"왜?"

"말이 다른 애들이랑 달라서."

"3학년 때까지 서울서 살았어. 너는? 너도 좀 그런데."

"난 반송에서 태어났어. 서울엔 한 번도 안 갔어. 할머니가 서울에서 살았어."

"그래? 근데 할머니가 서울에서 산 거랑 네 말이 무슨 상관이야?"

"글쎄, 할머니한테서 말을 배워서 그런가?"

우물거리며 진이가 더 묻기 전에 눈길을 돌렸다. 왜 할머니에게 말을 배웠냐고 물으면 뭐라고 답을 해야 할지 알 수가 없었다. 다행히 진이는 더 묻지 않았다.

석대화훼단지 앞에서 내리자마자 국화 화분 두 개를 샀다. 앞서 걸어가며 이곳저곳으로 안내할 때 기분이 좋았다. 다육식물 화분이 줄지어 놓인 곳을 지나다 진이가 불쑥 말했다.

"야, 너 바보 아냐?"

"뭐? 내가 왜?"

진이는 실실 웃으며 말했다.

"야! 네 손을 봐봐! 이렇게 구경할 거면, 무거운 건 마지막에 사야지. 왜 미리 사서 팔 아프게 들고 다녀?"

"헐! 그러네."

"또, 팔이 아프면, 하나는 들어달라고 하지, 그걸 혼자 들고 다녀? 아까 말하려다가 네가 얼마나 바보인지 알아보려고 이제 말하는 거야. 하여튼 머리가 나쁘면 손발이 고생한다니까."

"아!"

"하나는 이리 줘!"

화분 하나를 냉큼 빼앗아 가는 진이를 보고 피식 웃고 말았다. 아닌 게 아니라 화분을 든 양손 손가락이 끈에 졸려 보라색으로 변해 있었다. 그때까지 아픈 줄도 몰랐던 것이 이상했다.

버스를 타고 돌아올 때는, 내내 진이가 하는 말을 듣기만 했다. 서울과 울산에서 다녔던 학교 이야기, 함께 피아노를 배우던 친구 이야기, 아직 친한 친구가 없어 심심하다는 이야기, 담임 선생님 이야기, 좋아하는 가수를 이야기하다가, 영화를 좋아한다고 해서 놀랐다. 나는 영화관에서 영화를 본 적이 한 번도 없었다. 책 읽기를 좋아한다고 말하려다가 시시한 것 같아서 입을 다물고 말았다.

버스에서 내려서도 진이는 계속 말을 이었다. 지금은 외할머니와 둘이 산다고 말했다. 엄마와 동생 웅이는 울산에 살고. 나도 뭐라도 말해야 할 것 같아서 할머니와 둘이 산다고 했다. 진이는 놀란 듯했지만 더 묻지는 않았다.

학교 앞에서 헤어지며 진이가 먼저 말했다.

"사실, 도서실 선생님이 너에 대해서 말해 준 게 있어. 아이들이 너를 도서실 귀신이라고 해서 선생님께 물어봤거든. 어떤 아이냐고? 네가 우리 학교에서 책을 가장 많이 읽는대. 그래서 이야기 하고 싶었어. 나도 책 읽는 것 좋아해, 위인전. 유치하지? 위인을 본받아서 훌륭한 사람 따위가 되겠다는 건 아니고, 그냥 다른 사람들은 어찌 살았나 궁금해서 보는 거야. 넌 온갖 책을 다 읽는다며?"

"아냐. 나도 위인전 좋아해. 좋아하는 이유도 비슷하고."

"그렇게 말해줘서 고마워. 부산에 와서 한 말 전부보다, 오늘 너랑 다니며 한 말이 더 많을 거야."

진이가 마지막에 한 말은 내가 할 말이었다. 태어나서 가장 말을 많이 한 날이었다. 말이 자꾸 만들어지고, 만들어진 말은 참지 못하고 어김없이 목구멍을 타고 올라왔다.

석대에 다녀온 뒤에는 진이와 종종 만났다. 약속하지 않아도 도서실에 가면 쉽게 볼 수 있었다. 슬쩍 가서 무슨 책을 읽는지 보곤 했다. 재미있게 읽은 책을 내밀기도 했다. 사서 선생님이 둘 앞에 같은 사탕을 두고 모른 척하기도 했다.

진이가 울산에 가지 않는 토요일에는 여러 군데를 다녔다. 해운대와 서면, 광안리도 갔다. 갈 곳은 모두 내가 정했다. 부산을 잘 모르는 진이에게 갈 곳을 정한 이유를 말할 때는 우쭐한 기분이 되기도 했다.

어디서든 이야기는 진이가 이끌었다. 외할머니, 엄마, 재미있게 본 영화, BTS. 그런데 이야기할수록 서울에서 산 이야기, 아버지와 얽힌 이야기를 빼려고 애쓰는 게 보였다. 무슨 사정이 있다고 생각했지만, 물어보지 않았다.

언젠가부터 목에 먼지가 낀 듯 칼칼해서 긁어내듯 헛기침을 하곤 했다. 목소리도 점점 변했다. 아이들이 내 목소리를 흉내 내기도 했다. 콧등과 이마에 여드름이 났고, 코 아래도 갈수록 거뭇해졌다. 사람들을 마주보기 힘들었다. 복도를 다닐 때는 고개를 숙였다.

원어민 선생님 영어 수업 시간에 한바탕 소란이 일어나기도 했다. 취미나 장래 희망을 묻고 답하는 시간이었다. 차례로 한 사람씩 묻고 답하던 선생님은 나와 눈이 마주치자 갑자기 말을 멈추었다. 시끌벅적하던 아이들도 갑자기 조용해졌다. 선생님은 원어민답게 어깨를 들썩이고 고개를 왼쪽으로 까딱하더니, 유난히 또록또록한 말소리로 천천히 말했다.

"하우 올드 아 유?"

교실은 난장판이 되고 말았다. 아이들은 한꺼번에 웃음을 터뜨렸다. 내가 고개를 숙이자 성큼성큼 다가온 선생님이 어깨를 툭툭 치며 말했다. "쏘 쏘리, 마이 브라더." 아이들은 아예 일어서서 서로 붙안거나 책상을 치며 웃어댔다.

목소리뿐 아니라, 책에서 본 대로 몸이 변해갔다. 나 혼자만 그런 건 아니었다. 반에 비슷한 몇몇이 있었다. 보건 선생님은 성교육 시간에 부모님과 목욕탕에 다니며 자연스럽게 받아들이라고 했다. 그럴 때마다 아이들은 은밀한 눈빛을 주고받으며 킥킥거렸다. 나는 '아버지가 없어서 그런 고민은 하지 않아도 돼서 다행이네.'라고 혼잣말을 하곤 했다.

그 무렵에는 마음도 날마다 요술을 부렸다. 별일이 아닌데도 갑자기 물속에 가라앉은 것처럼 숨이 막히고 갑갑해지거나, 이유도 없이 화가 차오르기도 했다. 그런 날에는 아파트 뒤 산길을 뛰어다니거나, 해운대나 광안리까지 가서 목을 있는 대로 끌어올려 고래고래 소리를 질러댔다. 밤늦게 허전허전 걸어오며 진이네 아파트 불빛을 쳐다보곤 했다. 그러고도 방이 좁혀져 오는 듯해서 밤새 창문을 열어 두기도 했다.

수업 시간에도 그런 때가 있었다. 그런 날은 아이들이 떠드는 소리가 유난히 크게 들렸다. 가만히 있어도 숨이 빨라지고 속에서 뭔가가 터져 나오려고 했다. 그러면 눈을 감고 걸상처럼 앉아 있었다. 도서실에 가도 사서 선생님과 이야기하는 것은 피했다. 모두가 나를 쳐다보고 수군대는 것 같아 한자리에 오래 앉아 있지도 못했다. 진이를 만날 때는 속을 들키지 않으려고 애를 썼다. 되도록 말을 하지 않았고, 말할 때는 얼굴을 바라보지 못했다.

그 무렵, 엉뚱한 일이 하나 있었다. 어느 날, 사서 선생님이 교실에 찾아와서 광고지 한 장을 불쑥 내밀었다. 『도시에 사는 새』라는 책을 쓴 작가의 초청 강연 안내장이었다. 안내장 귀퉁이에는 '이걸 보자마자 네가 떠올랐어. 강추!!'라고 쓴 노란 포스트잇이 붙어 있었다.

토요일 오전에 어린이대공원 청소년 과학 교실에서 강연한 뒤 수강생들과 함께 뒷산을 탐조하는 시민 대상 프로그램이었다. 진이에게 같이 가자고 말하고 싶었으나 말을 꺼내지 못했다.

강연장에 온 사람들은 대부분 목에 쌍안경을 걸고 있었다. 렌즈가 배꼽에 닿는 카메라를 맨 사람들도 있었다. 아이들은 대부분 부모님과 함께였다. 맨몸으로 혼자 온 사람은 나뿐인 듯했다. 제일 뒷자리에 앉았다.

강연은 재미있었다. 작가가 직접 그린 새 모습은 여태 도감에서 본 그림과 달랐다. 생김새가 먹고 사는 것과 관계가 있다는 설명에 듣는 사람들 사이에서 아하! 하는 감탄이 여러 번 터졌다.

"사람들은 귀엽다, 예쁘다, 무섭다고 말하지만, 새뿐 아니라 야생동물은 생긴 대로 최선을 다해 치열하게 살아갈 뿐입니다. 그들은 사람처럼 수명을 다하고 죽는 경우가 거의 없어요. 대부분 천적에게 먹히거나, 사고를 당하거나, 굶어 죽어요. 그래도 모두 포기하거나 피하지 않고 열심히 살아요. 여러분, 혹시 찡그린 새 봤어요? 우리는 저들보다 훨씬 편하게 사는데 왜 찡그리고 화내고 싸우고 살까요?"

작가가 사람들을 둘러보며 한 말에 사람들은 왁자하게 웃었지만, 나는 따라 웃지 못했다. 분명하지는 않지만, 묵직하게 마음에 남는 것이 있었다.

이어진 탐조 시간에는 두 번이나 모두의 관심을 받았다. 작가는 학생들을 앞으로 불러내며 어른들에게는 묻는 말에 답하지 말 것을 부탁했다. 아이들에게 기회를 더 주고 싶다고 했다. 묻는 말에 정확하게 답한 학생에게는 상품으로 사인한 책을 주겠다고 했다.

첫 번째 물음은 울음소리를 듣고 새 이름을 말하는 문제였다. 산길에 들어서자마자 들리는 삐유! 삐유! 하는 소리를 듣고, 청딱따구리인 줄 알았다. 청딱따구리 소리는 이미 알고 있었다. 아파트 옆 참나무 숲에서 듣고 도감에서 확인한 새였다. 마침 작가가 들리는 새소리의 주인을 물었다. 작가는 내가 작은 소리로 답한 것까지 칭찬했다.

두 번째 물음도 내가 답했다. 이번에는 동고비였다. 작가를 따라가다가 소나무 둥치를 타고 거꾸로 내려오는 동고비를 보았다. 작가가 본다면 물을 것 같았다. 아니나 다를까. 작가가 왼손 검지를 세워 입에 대고 오른팔을 천천히 펴며 검지로 가리킨 것은 내가 본 동고비였다. 이번에는 답하지 않고 기다렸다. 시간이 흐르자, 아이들 몇이 나를 바라보았다. 이윽고 작가도 나를 보았다. 나는 아까보다 더 작은 소리로 동고비라고 말했다.

　작가는 탐조를 마치면서 나를 앞으로 불러세웠다. 6학년이라고 하자 어른들 사이에서 박수 소리가 났다. 작가는 새 이름을 맞춘 것과 함께 작은 소리로 답한 것을 다시 칭찬했다. 그리고 맨 앞장에 '김연수 학생에게. 새처럼 진실하게!'라고 쓴 책을 내밀었다.

　월요일, 수업을 마치고 사서 선생님에게 상으로 받은 책을 보였다. 상 받은 일도 말했다. 선생님은 환하게 웃으며 인터폰으로 담임 선생님을 불렀다. 담임 선생님은 내 팔을 꼬집으며 "어쭈! 내겐 보여주지도 않더니." 하며 얼굴을 찡그렸지만, 웃는 얼굴을 다 숨기진 못했다. 사인이 보이게 편 책을 들고 두 선생님 사이에 서서 사진을 찍었다.

　다음 날 도서실에서 만난 진이도 만나자마자 책을 보자고 보챘다. 우리를 보고 사서 선생님이 웃으며 다가왔다. 내게 책을 펼쳐 들게 하더니, 뒤를 빼는 진이를 끌고 와서 기어이 왼쪽에 세웠다. 그러더니 장소를 두 번이나 옮기며 사진을 찍었다. 처음으로 진이와 둘이서 찍은 사진이었다. 다른 사람 앞에 나란히 선 것도 처음이었다. 사진 속 나는 고개를 바로 들지 못하고 약간 오른쪽으로 돌린 모습이었다.

열아홉 살 차이

죽죽 흘러가던 슬라이드가 천천히 속도를 늦추었다. 커서는 다음 슬라이드로 넘기지 못하고 제자리에서 깜빡깜빡 가쁜 숨을 몰아쉬었다. 깜빡거리는 커서 불빛 뒤로 껙껙 소리 지르며 뛰어다니던 산길이 우련하게 나타났다. 발길에 아버지라는 글자가 차이거나 밟히고 있었다.

상상도 하지 못했던 일이었다. 그때까지 내게 아버지와 엄마라는 말은 세종대왕이나 이순신 장군처럼 머릿속에만 있는 말이었다. 그런데 그 말이 내 앞에 성큼 나타난 것이었다. 날마다 수학여행 이야기로 웅성거리던 때였다. 갑자기 나타난 아버지라는 말은 모든 것을 어질러버렸다.

커튼을 걷고 창밖으로 눈길을 돌렸다. 눈이 바뀌고 있었다. 직선으로 빠르게 내리던 싸락눈 대신, 떠다니는 모습을 눈길로 따라갈 수 있는 눈이 내렸다. 버스로 달려드는 눈송이는 차창 가까이에서 휙휙 비켜 날아갔다. 창에 닿은 눈송이는 여러 개의 작은 바늘을 묶은 것 같은 결정을 보이곤 곧장 녹아버렸다. 거뭇하던 빈 들판이 금세 얼룩얼룩한 무늬를 덮어쓰고 있었다. 등을 밀어 깊이 기댔다.

아버지를 내 앞에 불러낸 이는 정수였다. 정수는 스스로 정한 우리 반 대표였다. 오지랖이 넓어서 남학생이든 여학생이든 아이들 일에 빠지는 데가 없었고, 어디서 듣고 오는지 이상한 소문을 자주 내어서 언제나 주변이 시끄러운 아이였다. 덩치가 비슷해서 몇 번 짝을 했지만 어울릴 이유가 없었다.

마지막 수업을 마치고 화장실에 다녀오자, 교실 분위기가 이상했다. 마침 선생님도 자리를 비운 때였다. 칠판 앞에 정수가 종이 한 장을 들고 서 있었고, 아이들은 정수가 할 다음 말을 기다리고 있는 듯 조용했다. 수학여행 때문에 날마다 유인물을 받던 때라 나서기 좋아하는 정수가 반장이 할 일을 빼앗아서 설친다고 생각했다. 그런데 막 자리에 앉은 나를 본 정수가 히죽거리며 큰 소리로 말했다.

"야, 김연수! 너, 아빠 없다더니 순 뻥이네. 여기 봐. 김연수 앞에 자녀!라고 적혀 있잖아."

나는 무슨 소리인지 몰라 벙벙했다. 쏠리는 눈길을 피해 정수 손에 들린 것을 보니 아침에 가방에 넣었던 봉투였다. 놀이공원 자유이용권과 숙박업소 할인 혜택을 받는 몇 명만 따로 내야 하는 서류였다. 할머니가 건네준 걸 받아 그대로 가방에 넣어둔 것이었다. 체험학습을 갈 때마다 있던 일이라 대수롭지 않게 생각했다. 정수는 내 가방에서 그걸 꺼내 까발리고 있었다.

"여기 관계 칸에 자녀!라고 딱 찍혀 있어. 자는 아들이거든, 녀는 딸, 부는 아빠, 모는 엄마. 아들 자, 어미 모, 아비 부. 우헤헤."

정수가 이죽거리는 소리와 내게로 쏠리는 아이들 눈길에 불 앞에 선 듯 얼굴이 확 달아올랐다. 앞으로 나가서 정수를 어찌해야겠다고 생각은 했지만, 쥐가 난 것처럼 오금이 굳어버렸다. 벙벙해 있는 나를 본 정수는 더 큰 소리로 말했다.

"김연수가 여태까지 완전히 뺑쳤네, 뺑쳤어."

그러더니 칠판 앞에 우뚝 서서 놀라운 것이라도 발견한 듯 종이를 빤히 내려다보며 눈을 껌뻑거렸다.

"엥? 근데, 이게 뭐야? 잠깐, 그러니까 음, 십구! 우와! 김연수 아빠가 우리보다 열아홉 살 많네. 열아홉 살이면 고3이야. 우리 형이 열아홉 살, 올해 수능 보거든. 김연수! 니네 아빠 열아홉 살에 널 낳았네. 우와, 대박! 김연수 아빠가 대박 사고 쳤네, 사고 쳤어."

정수 소리가 동굴에서처럼 웅웅 울리기 시작했다. 아이들은 재미있는 일이라도 찾은 듯 정수 옆으로 우르르 모여들었다. 아이들이 정수가 들고 있는 종이에 코를 박고 있는 모습이 소리를 끝까지 줄인 텔레비전 화면처럼 보였다. 한 아이는 심각한 얼굴로 칠판에 숫자를 쓰고 뺄셈을 하고 있었다. 눈앞에 까만 막이 천천히 내려왔다.

"야!"

까만 막을 찢어버릴 듯, 나도 모르게 큰 소리가 터졌다. 정수는 실실 웃으며 아이들에게 둘러싸여 자기 자리로 가서 앉았다. 정수 쪽으로 걸어갔다. 눈앞이 흐려지며 물속을 걸어가는 것 같았다.

정수는 선심 쓰듯 종이와 봉투를 내밀었다. 종이를 접어서 봉투에 넣는데 손끝이 와들와들 떨렸다. 접어서 주머니에 넣고 돌아서려다 웃음기를 다 숨기지 못한 정수 얼굴을 보고 몸이 굳어졌다. 침을 삼키려는데 목에서 피 냄새가 올라왔다. 전원을 끄듯 질끈 눈을 감았다. 자리로 돌아가려고 몸을 돌리자 귓속이 찡하고 울렸다. 옆에 있는 책상을 짚고 돌아서려는데 히죽거리는 정수 입에서 반짝거리는 교정기가 보였다.

"악!"

부르르 떨리던 주먹이 교정기를 낀 정수 입에 꽂혀버렸다. 정수는 터진 입을 틀어막고 옆에 서 있던 아이들 다리 사이에 나동그라졌다. 피가 쏟아진 입을 막고 버둥거리는 정수 등을 발로 까버렸다. 갑자기 교실이 조용해지자 정신이 들었다. 내가 한 짓이 믿기지 않았다. 벙벙한 채로 교실 밖으로 나와 달렸다. 여자아이들이 지르는 비명이 복도 끝까지 따라왔지만 멈추지 않았다.

별관 1층 체육 창고 옆 화장실에 들어가서 문고리를 걸었다. 손바닥에 난 땀을 바지에 문지르고 정수가 봤던 봉투를 꺼내 찬찬히 살펴보았다. 가족관계증명서는 삼촌과 내가 부자 관계임을 분명하게 보여주고 있었다. 출생연도도 정수가 한 말이 맞았다. 믿을 수가 없었다. 나는 왜 여태 이걸 한 번도 보지 못했을까? 같은 서류를 여러 번 학교에 냈는데, 왜 한 번도 제대로 본 적이 없을까?

할머니는 항상 봉투를 풀칠해서 가방에 넣어주었다. 5학년, 놀이공원에 갈 때 봉투를 가위로 자르던 선생님이 "넌 이걸 왜 꼭 봉해서 내니? 귀찮게."라며 중얼거리는 소리를 듣긴 했지만 열어서 확인할 생각은 한 번도 하지 않았다.

멍멍해진 머리를 감싸 쥐었다. '아버지? 열아홉 살 차이? 사고 쳤네, 사고 쳤어! 고3이 애를 낳아?' 정수가 히죽거리던 목소리가 귀에서 왱왱거렸다. 다시 종이를 펴 글자가 부옇게 보일 때까지 노려보았지만 바뀌는 건 없었다. 선생님에게서 연이어 전화가 왔지만 받지 않았다. 집으로 간다고, 죄송하다고 문자를 보내고 전화기를 꺼버렸다. 무릎에 머리를 박고 웅크렸다. 다리가 저릴 때까지 있다가 교문지킴이 할아버지가 없는 후문으로 빠져나왔다.

학교 밖으로 나오자, 햇살이 눈을 찔렀다. 질러가는 골목길로 빨리 걸어 아파트 입구에서 산길로 들어갔다. 보이는 길을 무작정 걸었다. 팔과 다리가 내 몸 같지 않았다. 옷이 무생물인 몸을 가두고 걸어가는 것 같았다. 등산로 입구에 서자 목구멍에 짠맛이 고였다. 숨을 길게 쉬어 마음을 다잡아보려 했지만 울음이 섞인 숨은 자꾸만 부서졌다. 얼마나 걸었을까? 문득 서 있는 곳이 낯설었다. 어디로 걸어왔는지 알 수 없었다. 바람 소리만 산길을 서성거렸다.

전화기를 켜자, 할머니와 선생님에게서 부재중 전화와 문자가 여러 개 와 있었다. 물음표만 여러 개 찍힌 문자는 진이가 보낸 것이었다. 교실에서 나오고 난 뒤, 일어났을 소란을 생각했다. 지금쯤은 진이도 무슨 일이 일어났는지 알았을 것이었다.

선생님은 정수가 병원 치료를 받았고, 학교에서 있었던 일을 할머니에게 알렸다고 했다. 걱정되거나 겁이 나지는 않았다. 이미 벌어진 일이라 생각하자 이상하게 차분해졌다. 선생님에게 집에 왔다고 거짓말을 했다. 선생님은 곧바로 내일 학교에서 보자고 했고 나는 '네.'라고 답했다. 할머니에게는 좀 걸어 다니다가 늦게 가겠다고 했다. 할머니는 다른 말 없이 알겠다고 답했다. 진이에게는 나중에 연락하겠다고 답했다. 진이는 곧바로 느낌표 하나를 찍어 답해주었다.

다시 보이는 길로 무작정 걸었다. 무엇에 홀린 것 같았다. 얼굴에 땀이 흘러내렸다. 키 작은 나무 밑에 어둠이 쌓이기 시작했다. 어둠 속으로 팔을 내민 망개나무가 몇 번이나 옷을 움켜잡았지만 멈추지 않았다. 어두워질수록 산이 문을 열고 안으로 끌어들이는 것 같았다. 오르막을 넘어 구부러진 길을 돌자 불빛이 완전히 사라진 곳에 한 아름이 넘는 나무가 길을 막았다. 나무에 등을 기대고 앉았다. 사람이 만든 소리가 모두 사라졌다. 있었던 일을 되돌려 보았지만, 뒤죽박죽된 머릿속은 멍멍하기만 했다. 두 무릎을 모아 세우고 턱을 얹었다. 등을 밀어 나무에 더 기댔다. 울퉁불퉁한 나무껍질이 등에 새겨졌다.

땀이 식자 바람이 눈에 보이는 듯했다. 높은 가지 사이에서 부는 바람은 가늘었고, 낮은 가지 사이를 오가는 바람은 굵었다. 두 바람은 끊임없이 뒤섞였다. 굵은 바람이 몸을 훑고 지나가면, 가는 바람이 아래로 내려와 옷 속으로 파고들었다. 바람에 몸을 맡기고 눈을 감았다.

언젠가 읽었던 책이 생각났다. 반 아이들을 데리고 운동장 구석으로 가서 느티나무 아래에 눕게 하고 몸이 흩어지는 상상을 하게 하던 어느 선생님 이야기. 기억나는 대로, 눈을 감고 몸이 허물어지는 상상을 했다. 바람이 닿자, 허물어진 몸이 스르르 흩어졌다. 살점이 흩어진 뒤, 바람이 뼈를 휘감을 때 손등에 눈물이 툭 떨어졌다. 눈물은 금방 식었다. 등을 밀어 나무에 더 기댔다. 눈물이 흘러내린 곳이 새삼스럽게 차가웠다. 그 책에서도 마지막에 누군가 울었다고 생각했다.

눈물이 마르자 세수를 한 것처럼 마음이 바뀌었다. 나무껍질이 울퉁불퉁한 느낌이 새삼스럽게 등에 닿았다. 굴참나무라고 생각했다. 곧이어 낯선 떨림이 등으로 전해졌다. 등을 더 밀어 나무에 기댔다. 나무가 떨고 있었다. 나무에서 전해진 떨림은 큰북을 세게 치고 등을 댔을 때처럼 느리고 깊었다. 우악스러운 어떤 힘이 둥치를 바투 잡아 비트는 듯했다. 그 떨림이 온몸으로 번졌다.

떨림을 느끼며 주변을 둘러보았다. 잔가지가 사라지고 둥글게 보이는 나무들이 어둠에 싸여 고요히 서 있었다. 바람만 나무 사이를 헤집고 다녔다. 떨림은 가만히 서 있는 나무가 괴로움을 견디는 표시일까? 쓰러지지 않으려고 안간힘을 쓰는 것일까? 나무는 살아가는 내내 센 비바람을 이렇게 견딜까? 울퉁불퉁한 느낌은 점점 사라지고 등을 지나 가슴에 닿은 느릿한 떨림만 남아 있었다. 서늘한 기운이 몰려올 때까지 그대로 있었다.

돌아 나올 때는 한참 길을 헤맸다. 어딘지 알 수가 없어 허겁지겁 이쪽저쪽을 몇 번이나 오가다가 일단 오르막으로 올라가 보기로 했다. 높은 데서 보면 방향을 알 수 있을 거라 생각했다. 오르막을 오르다 돌아서자 해운대 바닷가에 늘어선 빌딩숲 불빛이 보였다. 빌딩숲을 보고 수영강과 온천천이 만나는 위치를 어림했다. 내리막 모퉁이를 돌아섰을 때 진이네 아파트 불꽃 기둥을 보고 마음을 놓았다.

집에 오니 할머니는 거실에서 피자 박스를 접고 있었다. 땀이 번들거리는 나를 보고 무슨 말을 하려는 듯하다가 입을 다물었다. 나도 아무 말 하지 않고 욕실에 들어갔다.

침대에 누웠을 때 할머니가 방문 앞에 서 있는 것을 알았지만 문을 열지 않았다. 누운 채 등에 남은 떨림을 떠올리는 데만 집중했다. 큰 조립품이 비틀리는 것 같기도 하고, 위층에서 큰 가구를 옮길 때 천장이 떨리는 것 같기도 했다. 그 떨림은 피부에서 몸 안으로 전해지는 것이 아니었다. 거꾸로 몸 안에서 밖으로 나오는 듯했다. 떨림이 사라지면 등에 더운물로 목욕을 한 것처럼 훈기가 남았다.

그날은 밤새 잠들지 못했다. 자려고 하면 정수가 이죽거리던 소리가 떠올랐다. 설핏 잠이 들면 누군가에게 쫓기는 꿈을 꾸었다. 축축한 이불을 덮은 듯 밤새 무거운 힘이 어깨를 짓눌렀다. 다음 날, 학교에 가지 않았다. 밥상을 차리고 문을 연 할머니에게 학교에 가지 않겠다고 말했다. 별로 떨리지도 않고 그 말이 나왔다. 할머니는 움찔 놀랐지만, 아무 말도 하지 않고 방문을 닫아주었다. 선생님에게는 몸이 아파 결석하겠다고 문자를 보냈다.

내내 방 안에 누워 있었다. 피가 나던 정수 얼굴이 떠올랐다가, 사고 쳤네! 사고 쳤어! 하던 울림이 다시 귀에 왱왱거렸다. 어둑한 산길이 떠올랐고, 다리를 움켜잡던 망개나무가 떠올랐다. 진이가 물음표만 연이어 찍어 문자를 보냈으나 답하지 않았다. 까만 물이 담긴 큰 풍선 같은 것이 온몸을 누르는 것 같았다. 숨이 막힐 것 같았다. 그러다 어느 순간, 등에 나무가 뒤틀리던 떨림이 떠오르자 조금씩 마음이 가라앉았다.

오후에 할머니가 선생님과 통화하는 소리를 누운 채 들었다. 가해자, 피해자라는 말과 치료비와 학교 폭력이란 말도 들렸다. 할머니가 졸아들며 대답하는 말만으로도 줄거리를 알 수 있었다. 할머니는 전화를 끊은 뒤 소리 죽여 훌쩍였다. 선생님이 내게도 전화했지만 받지 않았다. 밤이 되자, 할머니는 식탁에 김밥을 싸두었다고 문자를 보냈다.

다음 날 오후에 정수 엄마와 선생님이 찾아왔을 때도 방 밖으로 나가지 않았다. 비슷한 말들이 오갔고 할머니는 몇 번이나 용서를 빌었다. 몇 번 방문을 두드린 선생님은 힘없는 목소리로 내일은 학교에서 보자는 말만 하고 돌아갔다. 다음 날엔 할머니가 울면서 정수 엄마와 전화하는 소리를 들었다.

학교에 가지 않은 사흘 동안에 확실히 알게 되었다. 거실에서 들리는 통화 내용으로 종이에 적힌 내용이 거짓이 아니라는 것을 알 수 있었다. 삼촌이 정말 아버지일까? 삼촌은 정말 열아홉 살에 나를 낳았다는 말인가? 삼촌은 어쩌다 나를 낳았을까? 할머니와 삼촌은 왜 나를 속였을까? 나는 왜 한 번도 의심하지 않았을까? 그런데 엄마는? 엄마는 누구일까? 서류에 왜 엄마는 없을까? 나는 입양한 아이일까? 물음은 서로 꼬리를 물고 꼬이기만 할 뿐, 무엇하나 답을 알 수 있는 꼬투리를 잡을 수 없었다. 여태 나를 둘러싸고 있던 것들이 뭉텅뭉텅 떨어져 나가고, 컴컴한 동굴에 혼자 서 있는 것 같았다.

새벽에 화장실에 가기 위해 방문을 열었다가, 쌓아둔 피자 박스 옆에 모로 누운 할머니를 보았다. 그새 더 움푹 들어간 눈을 보고 울컥 울음이 터졌다. 손으로 입을 틀어막고 방으로 되돌아와 소리 죽여 한참 울었다. 길게 운 뒤, 간단히 깨달았다. 방 안에만 있어서는 무엇도 알 수가 없다!

다음 날 아침, 소리 죽여 우는 할머니를 앞에 두고 말없이 밥을 먹었다. 쭈그러진 공에 억지로 바람을 넣는 기분이었지만 일부러 밥그릇을 다 비웠다.

교실에 가자, 아이들이 나를 보고 웅성거렸다. 못 본 척 눈을 감고 의자 등받이에 기대며 산에서 느낀 떨림을 떠올리려 애를 썼다. 그러나 플라스틱 걸상 등받이는 그 떨림을 만들지 못했다. 아이들이 웅성거리는 소리가 갑자기 멎더니, 누군가 등을 툭 치고 지나갔다. 담임 선생님이었다. 여러 말을 숨긴 뒷모습이었다. 왈칵 눈시울이 뜨거워졌지만,

어금니를 깨물었다.

 1교시가 끝나고 쉬는 시간에 진이가 교실로 찾아왔다. 곧장 내게로 다가오는 진이를 보고 아이들이 수군댔다. 진이는 보란 듯 아무렇지 않게 쪽지를 내밀고 갔다. 연두색 종이접기용 쪽지엔 눌러 쓴 '힘내!'라는 두 글자가 또렷했다. 점심을 먹고 오자 사서 선생님이 복도에 서 있었다. 눈을 마주쳤지만 아무런 표정도 짓지 못했다. 선생님은 입을 꾹 다물어 보이더니 담임 선생님과 함께 교실 밖으로 나갔다.

 학교 폭력으로 처리될 것을 각오했다. 5학년 때 시골로 간 강전생처럼 가해자가 되어 다른 학교로 전학 갈 수도 있다고 생각했다. 그러나 며칠이 지나도 선생님은 별다른 말이 없었다. 이상하다 생각했지만, 누구에게 물어볼 수도 없었다. '울면서 전화한 할머니 말을 듣고 정수 어머니가 용서한 것일까?', '선생님이 대신 용서를 빈 건 아닐까?' 하고 문득 생각하기도 했다.

 수학여행 출발을 하루 앞두고, 선생님은 정수가 수학여행에 빠지는 것을 알렸다. 정수가 속한 조 아이들 사이에서 불만 섞인 소리와 함께 눈길이 내게로 모였다. 원망 가득한 눈길이 가슴을 길게 베고 지나갔다. 마음속에서 울컥하는 것이 생겨 마주 보고 뻗대고 싶었지만 눈을 감았다. 마음속 그 아이가 턱이 꿈틀하도록 어금니를 다물어 보였다.

수학여행 첫날, 아이들은 버스가 출발하자마자 아무 일도 없었다는 듯 게임에 빠져들었다. 나는 맨 뒷자리에 혼자 앉았다. 원래 내 옆자리는 정수 자리였다. 빈자리에 여러 가지 마음이 만들어졌다가 사라졌다. 마음이 울렁거리자 멀미가 날 것 같았다. 두 번째 휴게소에 들른 뒤에는 이어폰을 꽂고 눈을 감았다.

갑자기 왁자하게 떠드는 소리가 커졌다. 도롯가 이정표에 첫날 목적지인 놀이공원이 나타난 것이었다. 아이들이 가장 기다린 곳이었다. 아이들은 너나없이 버스가 멈추기도 전에 앉아 있지 못하고 들썩거렸다. 선생님은 벌건 얼굴로 들뜬 아이들을 누그러뜨리며 놀이공원에서 지켜야 할 일들을 신신당부했다.

나는 조원들과 마지막에 모이는 시각과 장소만 확인하고 혼자 빠져나왔다. 선생님이 준 자유이용권이 있었으나, 놀이기구를 탈 마음은 처음부터 없었다. 사람이 드문 곳을 찾아 걸어 다녔다. 벚나무는 벌써 잎이 바랬고, 느티나무도 느릿느릿 갈색을 드러내고 있었다. 자지러지는 사람들 외침에 놀란 듯 대숲이 일렁거리기도 했다.

돌아다니다 멈춘 곳은 북극곰 공연장이었다. 공연 시간이 아니어서 관객석은 비어 있었다. 관객석 의자 위로 아지랑이가 가물가물 피어올랐다. 지붕을 떠받친 기둥 그늘에 앉아 공연 무대인 커다란 투명 수조를 바라보았다. 수조 안에 커다란 흰곰 한 마리가 있었다. 곰은 어른보다 키가 컸다. 곰은 물속에서 헤엄치다가 떠 있는 얼음덩어리를 앞발로 붙잡았다. 얼음에 박힌 생선을 뽑아내려고 이빨을 드러냈다. 같은 동작을 몇 번이나 반복했지만, 생선을 뽑아내지 못하자 짜증 난 듯 얼음덩이를 깊이 눌렀다. 얼음덩어리는 조금 가라앉다가 다시 떠올랐다. 얼음덩이가 떠오르자 곰은 앞발을 들어 세게 내리쳤다. 그러더니 불쑥 물 밖으로 나왔다. 우두커니 서자 키 큰 몸에서 물이 주루룩 쏟아졌다. 개처럼 몸을 떨어 물을 털어낸 곰은 겅중겅중 걸어 수조 턱을 오갔다. 그러다가 갑자기 우뚝 멈춰서서 한참 동안 하늘을 쳐다보았다. 정지 동작처럼 하늘을 쳐다보던 곰은 오랫동안 궁금했던 것을 마침내 다 알게 되었다는 표정으로 고개를 끄덕이며 같은 길을 연이어 오갔다.

 곰을 보며 생각했다. 얼음을 내려친 앞발이 내 손이라면 얼음덩어리는 무엇일까? 꺼내서 던지거나 내려치지도 못하는, 내 맘속에 자리 잡은 묵직한 것은 무엇인가? 삼촌이 정말 아버지일까? 사실이라면 왜 나를 속였을까? 엄마는 왜 없을까? 나는 시설에서 데려와 키운 아이일까? 생각은 도돌이표에 갇힌 것처럼 제자리에서 맴돌았다. 눈이 맵고 귀에서 찡하게 울리는 소리가 들릴 때까지 그러고 있었다.

 과학관이나 박물관이나 어디를 가도 마음이 잡히지 않

았다. 보고 듣는 것이 머릿속으로 들어오지 않았다. 동물원에서 생닭을 먹는 사자를 봐도 머릿속엔 삼촌이 있었다. 공작이 꼬리를 펼치자, 아침 밥상에서 고개를 돌려 울던 할머니가 떠올랐다. 혼자 줄에 매달린 고릴라와 눈이 마주쳤을 때는 갑자기 눈물이 주루룩 흘렀다.

밤에도 마찬가지였다. 조원들은 자기들끼리 밤샘 게임을 준비해 왔다며, 배정받은 두 방 중 하나를 혼자 쓰게 해 주었다. 이틀 밤 내내 꿈속에서 삼촌과 싸웠다. 꿈에서 엄마가 누구냐고 삼촌에게 따져 물었다. 할머니가 말리면 몸으로 위협하듯 대들기도 했다. 삼촌은 나를 보면 도망쳤다. 비겁하게 도망치지 말라고 소리치며 쫓아가다 팔다리를 허우적거리며 잠에서 깨곤 했다.

수학여행을 다녀온 다음 날, 정수가 마스크를 쓰고 학교에 왔지만 모른 척했다. 정수를 뒤따라오던 몇 아이는 실망한 듯했다. 선생님도 달리 말이 없었고, 정수도 가까이 오지 않았다. 곧 자기들끼리 낄낄대며 와자해졌다. 정수는 꿰맨 자국이 보이는 입술로 아무 일도 없었던 것처럼, 아이들 사이를 오가며 말을 퍼 날랐다.

수학여행이 끝난 며칠 뒤, 아이들 사이에 내가 이야깃거리가 된 것을 알았다. 누구도 어쩌지 못하는 정수를 때렸다는 것과, 아버지와 열아홉 살 차이가 난다는 것은 수학여행을 다녀와 심심하던 아이들에게 재미있는 이야깃거리였다.

모여서 웅성거리다 나와 눈이 마주치면, 한꺼번에 눈을 내리거나 후다닥 흩어지곤 했다.

얼마 뒤 진이와 내가 사귄다는 소문이 들렸다. 그러려니 하고 있던 어느 날, 화장실 벽에 낙서가 있다는 소리를 들었다. 진이네 교실 쪽 남자 화장실 벽에 사인펜으로 쓴 낙서는 진이와 내가 서면에 있는 올스타 코인 노래 연습장에서 키스하는 걸 보았다는 내용이었다. 그날 점심시간에 화장실로 갔다. 일부러 왼손으로 쓴 표가 나는 글씨였다.

낙서를 보고 돌아서자 따라온 아이들이 복도에 모여 웅성거리고 있었다. 웅성거리는 무리 속에 쓴 아이가 있다고 생각했다. 무리를 지나오며 다 들리도록 말했다.

"쓴 사람은 내일까지 지워라."

내 말에 웅성거리던 소리가 잠시 끊겼다. 어금니를 다 물고 더 천천히 걸어 나왔다.

정수를 때린 뒤부터, 눈에 거슬리는 것이 나타나면 나도 모르게 주먹에 힘이 들어가곤 했다. 마음속에 생긴 뭉텅이가 주먹에 매달려 휘돌려지기를 기다리는 것 같았다. 낯선 변화였지만 억지로 숨기지 않았다.

이튿날, 낙서는 깨끗하게 지워졌다. 정수를 따라다니는 다른 반 아이가 썼다는 소문을 들었지만 모른 척했다. 낙서는 지웠지만 진이에게 미안한 마음은 그대로 남아 있었다. 만나자고 문자를 보냈고, 진이는 별말 없이 그러자고 답해

왔다.

만나자마자 미안하다고 말했다. 진이는 피식 웃으며 "왜?"하고 물었다. 마땅한 답을 찾지 못하고 머뭇거리자, "난 상관없어. 그런 애들은 원래 그러니까. 남 이야기 아니면 할 이야기가 없는 애들." 대수롭지 않다는 진이 말에 마음이 가벼워졌다.

그날 진이와 서면에 갔다. 지하상가와 백화점 근방을 돌아다녔다. 진이는 계속 웃는 모습을 보여주었다. 진이가 웃는 모습을 보면 머릿속을 채우고 있던 삼촌이나 할머니가 사라지는 것 같았다. 돌아다닐수록 마음은 가벼워졌다. 진이와 나란히 서서 발을 맞춰 걷기도 했다. 낄낄대며 올스타 코인 노래 연습장이 정말 있는지 찾아보기도 했다.

버스정류장을 몇 군데 지나 송상현 광장까지 걸었다. 광장 중간쯤 왔을 때 진이가 말했다.

"내가 왜 진아라고 부르지 말라고 한지 알아? 그건 안 궁금해?"

"너도 내게 안 물어보는 거 많아."

"크크. 그래? 내게 그런 참을성이 있었어?"

"호호."

"진이라고 부르라고 한 것은 엄마 때문이야. 엄마가 진아!라고 부르는 소리에 질려서 그래."

"뭐? 자기 이름 부르는 소리에 질리는 사람이 어딨어?

그게 말이 돼?"

"응, 내겐 말이 돼. 엄마가 진아! 하고 부르잖아. 그러면 뒤에 이어지는 말은 모두 뻔해. 나무라는 소리뿐이야. 그건 왜 했니? 이건 왜 안 했니? 그것도 못 하니? 그걸 말이라고 하니? 항상 그래. 휴! 짜증 나!"

"어른들은 다 그러지 뭐."

"아냐. 우리 엄마는 심해. 진아라고 부르는 소리만 들어도 짜증이 확확 난다니까!"

그런 뒤 진이는 앞서 걸었다. 진이는 엄마에 대해서 말할 때마다 비아냥대거나 목소리가 앙칼지게 변했다. 엄마와 무슨 일이 있다고 생각했다. 진이는 우두커니 벤치에 앉아 기다리고 있었다. 좀 전에 보이던 웃는 모습은 사라지고 없었다. 옆에 앉자 기다렸다는 듯 또 엄마 이야기를 꺼냈다.

진이가 서울에 살 때 엄마와 아빠는 이혼했다. 아빠와 헤어진 뒤, 엄마는 진이와 동생을 데리고 울산으로 왔다. 피아노학원을 차려 지금까지 운영한다고 했다. 3학년 여름방학이었다고 남 이야기처럼 말했다. 그러더니 피식 웃으며 말했다.

"아마 내가 없어지면 좋아할걸?"

"뭐? 누가?"

"누구긴, 엄마, 외할머니, 그 남자지."

"그 남자?"

진이는 엄마가 지난해부터 새로운 남자를 만난다고 했다. 엄마 학원에 다니는 말썽꾸러기 남자아이 아버지였다. 자주 학원에 빠지는 문제로 상담하다 만났다고 했다. 남자아이는 진이와 같은 학년이었다.

"그렇게 함부로 말하지 마."

"내가 왜 부산에 온 줄 알아?"

"……."

"내가 방해되기 때문이야. 엄마가 매일 툴툴댔거든."

엄마가 남자를 더 자주 만나기 위해 자길 전학시켰다며 진이는 킬킬댔다.

그러다가 목소리를 낮추며 말했다.

"엄마가 다시 결혼하면 나는 어떡해?"

"몰라. 나는 엄마와 하루도 살아보지 않았어. 그런 내가 뭘 알겠니?"

"왜 그렇게 대답해? 물은 사람 미안하게."

"아니, 사실이잖아."

"됐어. 그만해."

"우리가 뭐라도 할 수가 있니? 어떻게 되든 살게 되겠지, 뭐……. 사실, 요즘 나도 비슷해."

"억지로 위로하려고 하지 마."

"그런 거 아냐. 나도 정말 뒤죽박죽이야."

"뭐가?"

"아버지가 생길지도 몰라."

"아버지가 생겨? 그럼, 정수 말이 사실이야?"

"…나만 모르고 있었던 것 같아."

이번에는 내가 앞서 걸어갔다. 걸어가며 삼촌이 아버지로 바뀌면 무엇이 달라지는지 생각했다. 할머니는 그대로 할머니이고, 삼촌을 아버지로 바꾸어 부르기만 하면 되는가? 피식 웃음이 나왔다.

버스를 탄 뒤에는 둘 다 아무 말도 하지 않았다. 진이는 창밖을 멀뚱멀뚱 바라보았고, 나는 다시 머릿속이 헝클어졌다. 뒤죽박죽 헝클어진 머릿속처럼 창가의 불빛도 이리저리 뒤섞였다.

학교 앞에서 헤어질 때 진이가 불쑥 물었다.

"근데, 넌 왜 아빠를 아버지라고 불러? 촌스럽게."

"그게 촌스러운 거야?"

"그럼. 촌스럽지. 다들 아빠라고 불러."

"넌 뭐라고 불러?"

"나? 누구를?"

진이가 누구를? 하고 되물었을 때, 아차! 싶었다.

"응?…아냐."

"난 아빠!라고 했어. 옛날 아빠 부를 땐…."

진이 목소리가 마지막에 조금 떨렸다. 진이는 한참 먼

데를 보더니 갑자기 얼굴을 바꾸며 말했다.

"너, 아빠! 하고 한번 말해봐! 이대로 두면 '아바마마! 소자 한말씀 올리겠습니다. 들어주소서!' 하겠다."

진이는 고개를 조아리는 사극 배우 흉내를 냈다. 동작만 크게 하는 서툰 배우 같았다. 진이 모습이 어설펐지만 아무 말도 하지 않고 바라보기만 했다.

"하긴…. 잘 가."

맘대로 이야기를 매조진 진이는 총총걸음으로 건널목을 건너갔다.

그날 헤어진 뒤, 진이는 갑자기 변해버렸다. 매일 주고받던 문자가 끊어졌다. 보낸 문자를 읽고도 답하지 않았다. 무슨 일이 생겼나 싶어 몇 번이나 만나자고 했지만, 답이 없었다. 학교에서 우연히 마주쳐도 급히 눈길을 피해버렸다. 도서실에도 오지 않았다. 진이가 나와 다른 중학교에 배정받았다는 것도 아이들에게 들어서 알게 되었다.

갑자기 변한 진이 때문에 어쩔 줄 모르고 허둥댔다. 가슴에 연기가 찬 것처럼 답답했지만 어떻게 해볼 방법을 찾지 못했다. 그러다 졸업식을 마친 날 밤에 덜컥 문자를 받았다. 문자는 연이어 날아왔다.

〈졸업식 마치고 운동장에서 사서 선생님과 서 있는 너를 봤

어! 가서 말하려다가 그만뒀어 외할머니가 따라다니고 있었
거든 마지막으로 축하한다고 말하려고 했어〉
〈오늘 보내는 문자가 너에게 보내는 마지막 문자가 될 거야
이유는 묻지 마〉
〈중학교에 가면 지금과 완전히 다른 사람이 될 거야 아무도
몰라보게 다른 사람이 될 거야〉
〈졸업선물로 시계를 골랐어 뜬금없지? 늘 움직이지만 동그
라미 밖으로 나가지 못하는 바늘 그래서 골랐어 너도 나처
럼, 시곗바늘처럼 갑갑한 것 같았거든 사람들은 갇혀서 돌
기만 하는 바늘이 답답해서 숫자로 된 시계를 만들었을 거
야〉
〈유리를 깨면 시곗바늘은 밖으로 나갈 수 있을까? 밖으로
나가면 바늘은 어떻게 할까? 아마 밖인 줄도 모르고 제자리
서 째깍째깍 돌겠지? 처음부터 그랬으니까〉
〈넌 나에 대해서 아무것도 묻지 않아서 좋았어〉
〈안녕〉

쏟아지는 알쏭달쏭한 문자 중에 '마지막'과 '안녕'이란
말만 뚜렷하게 남았다. 두 말은 생각하는 운동장에 울타리
를 쳐버렸다. 울타리는 날마다 쑥쑥 자라서 운동장을 컴컴
한 그림자로 덮어버렸다. 어디에도 열고 나갈 문이 보이지
않았다. 뭐라고 한마디 답도 하지 못하고 허둥대다가 이틀

뒤에 택배로 시계를 받았다.

　흐리멍덩한 채로 봄방학을 맞았다. 겨울부터 뉴스에 오르내리던 코로나 사태는 봄방학이 되자마자 온 세상을 닫아버렸다. 구청 도서실에도 갈 수 없었다. 아파트 뒷산이나, 수영강을 따라 돌아다녔다. 포켓용 조류도감을 들고 다니며 산새나 수영강에 오는 새를 보며 하루를 보내기도 했다. 가만히 있으면 어디서든 삼촌이나 진이가 나타났다. 삼촌은 무슨 말을 할 것처럼 다가서다가, 가까이 와서는 우물거리기만 했고, 진이는 정면으로 바라보지 않고 비스듬히 섰다가 사라졌다.
　어디서든 말을 거의 하지 않았다. 머리와 몸이 떨어져서 따로 돌아다니는 것 같았다. 그러다 별안간 마음이 요동치기도 했다. 별일도 아닌 일에 몸이 부르르 떨릴 만큼 화가 나거나, 이유 없이 나른해져서 끝없이 가라앉기도 했다. 매일 보는 할머니가 갑자기 굼떠 보여 짜증이 솟거나 누구에게나 왈칵 거친 말로 대거리를 하기도 했다.
　화가 나려고 하면 먼저 머릿속에 떠오르는 말이 바뀌었다. '먹는다'가 '처먹는다'가 되거나, '넘어졌다'가 '자빠졌다'로 바뀌는 식이었다. 의문문처럼 공격문이라는 말도 있어야겠다고 생각했다. 할머니가 설에 삼촌이 오지 않는다고 했을 때, 나도 모르게 "혼자 자빠져 있으라고 해요." 해버렸다. 눈을 동그랗게 뜬 할머니를 보고서야 놀라서 얼른 자리를 피했다.

  나른해지기 시작하면, 사방에서 칙칙한 기운이 스멀스멀 기어 나와 온몸을 덮었다. 안개가 쌓이는 것 같았다. 억지로 만든 말도 마른 모래를 쌓은 것처럼 허물어지기 일쑤였다. 느낌표를 찍을 수 있는 말은 하나도 만들어지지 않았다. 다행이라면, 그런 일이 반복될수록, 마음이 요동치려는 조짐을 미리 알아챌 수 있게 된 것이었다. 그런 조짐이 보이면 이를 악물고 밖으로 나가 쏘다녔다.

시소 마음

　동대구 터미널에 도착했다. 눈은 잦아들었으나 바람은 여전했다. 청송행 버스를 기다리는 시간에 밖으로 나가 찬바람을 맞았다. 청송과 많이 가까워졌다고 생각했지만, 멀미 기운 때문인지 머릿속은 여전히 어수선했다. 다시 터미널 대기실로 돌아와 맹맹하게 30분을 기다리다 청송행 버스를 탔다. 검색할 때는 10분이었는데 눈 때문에 기다리는 시간이 길어진 것이 다행이라 생각했다.
　시내를 벗어난 청송행 버스는 눈길이 버거운 듯 꾸물거리면서도 작은 도시마다 들러 승객을 바꾸었다. 찬바람을 몰고 버스에 탄 사람들은 곧 많은 눈이 쏟아질 것이라고 수군댔다. 자천 터미널에서는 한 사람만 탔지만, 버스는 갑자기 무거워진 듯했다. 이어지는 오르막이 버거운 듯 꾸역꾸역 기어갔다. 가만 앉았기가 미안할 정도였다.
　그런데 고개에 올라서자마자 거짓말처럼 다른 모습이 나타났다. 하나하나가 뚜렷하게 보이는 큰 눈송이가 쏟아지고 있었다. 하얀 나비가 무리 지어 몰려다니는 듯했다. 창밖이 온통 하얀색이었다. 기사가 갓길에 버스를 세우고 어디론가 전화하는 동안 몇몇 사람들과 함께 버스에서 내렸다. 함박눈을 처음 맞아보았다. 눈은 공중에 파도를 만드는 듯 일렁거렸다. 눈이 내리는 모습을 동영상으로 찍어 진이에게 보냈다.

〈눈이 엄청나게 와! 하얀 나비 떼 같아〉

〈우와! 정말이네 어디까지 갔어?〉

〈좀 전에 자천이라는 곳을 지났어〉

〈자천? 그러면 아직 많이 남았네〉

〈너 자천이 어딘지 알아?〉

〈지도 보면 알지〉

〈지도? 네가 지도를 왜 봐?〉

〈그러게 내가 지도를 왜 보고 있지?〉

〈눈이 너무 많이 와서 버스가 길가에 섰어〉

〈지금 뉴스에도 나와 경북 북부, 강원 산간지방에 대설주의보 내렸대.〉

〈눈이 쌓이는 건 처음 봐!〉

〈너무 좋아하지 마! 그러다 버스 안에 갇힐지도 몰라!〉

〈흐흐, 그럼 좋지〉

〈센 척하기는!〉

문자 뒤에 나타난 이모티콘은 자꾸만 혀를 내밀었다.

사람들은 버스가 출발하자 익숙한 듯 다시 등을 기대고 잠에 빠져들었다. 아버지를 만나러 가겠다고 했을 때 진이가 했던 말이 떠올랐다. 진이는 아버지 대신 아빠를 만나러 가라고 했다. 나는 아버지를 만나면 아빠!라고 부를 수 있을까? 창에 입을 대고 '아빠!와 아버지'를 번갈아 말해보았다. 아빠는 나란히 걸어갈 때, 아버지는 마주 보고 앉았을 때 어울린다고 생각했다.

눈바람은 갈수록 심해졌다. 버스는 뿌연 터널 속을 뚫고 가는 것 같았다. 사이렌 소리를 내며 달려온 제설차가 버스 앞에서 도로 옆으로 눈을 밀어내기 시작했다. 처음 본 제설차는 까만 줄을 뿜어내며 도망가는 거미 같았다. 제설차를 앞세운 버스는 엔진소리가 한결 부드러워졌다. 의자에 등을 묻었다.

중학교에 입학했지만, 모든 게 어수선했다. 뉴스는 매일 코로나 소식이었다. 학년별로 1주일씩 등교하고 가정학습 하기를 반복했다. 3월 내내 등교하는 월요일마다 입학식에 가는 것 같았다. 같은 반이어도 다른 초등학교에서 온 아이들은 3월이 지나가도 낯설었다.

4월부터 도서실에 다니기 시작했다. 도서실 카드가 나

오자마자 찾아갔다. 도서실에서는 혼자 있는 날이 많았다. 텅 빈 도서실이 좋았다. 곧 사서 선생님과 친해졌다. 도감을 빌려 가는 학생은 내가 처음이라는 말을 또 들었고, 마지막까지 남아 있다가 퇴근하는 선생님과 같이 도서실을 나서기도 했다. 금요일에는 따로 배낭을 챙겨갔다. 등교하지 않는 일주일 동안 집에서 읽을 책을 배낭 가득 빌려왔다. 도서실이 더 넓어지고, 책이 바뀐 것 말고는 초등학교 때와 다를 게 없었다.

처음 배우는 몇 과목이 잠시 관심을 끌었으나 교과 공부는 곧 심드렁해졌다. 교과 시간에 도서실에서 빌린 책을 읽다가 지적을 받기도 했다. 아이들은 수업 시간에 절반은 엎드려 잤고, 깨면 학원 문제집을 풀었다. 선생님들도 허둥대긴 마찬가지였다. 수업은 집에서 온라인으로 학습한 것을 검사하다가 시간이 다 갔다. 아이들은 모두 진도가 달랐다. 아니, 학원마다 다르다고 해야 맞는 말이었다. 학원에 다니지 않는 나만 선생님과 진도가 같았다.

그래도 시끄러운 때가 있었다. 아이들은 체육대회를 하자며 담임 선생님을 몰아세우기도 하고, 왜 여학생과 한 반에서 공부하지 않느냐며 줄기차게 투덜댔다. 나는 맨 뒷자리에 앉아 떠다니던 소리가 어디쯤에서 사라지는가를 따져 보곤 했다.

그러다 엉뚱한 일이 생겼다. 5월 첫 주 월요일이었다.

하굣길에 교문을 나서는데 마스크를 쓴 2학년 체육복이 앞을 막아서며 물었다.

"네가, 김연수야?"

1학년이 등교하는 주인데, 2학년이 웬일인가 싶었다. 대꾸하지 않고 비켜 가려고 하자 2학년이 다시 앞을 막아섰다. 2학년은 나보다 몸집이 작았다.

"너, 따라와!"

다짜고짜 시키는 말투였다. 움직이지 않자, 몇 걸음 앞서가던 2학년은 돌아보며 눈에 힘을 모았다. 그러곤 버릇인 듯 고개를 양옆으로 꾹꾹 눌렀다. 목을 움직일 때마다 몸통이 따라 움직여 허리 운동을 하는 것 같았다.

"어쭈, 소문대로네. 빨랑 따라와."

소문대로? 어떤 소문? 나를 지켜보고 있었다는 말인가? 주위를 둘러보았다. 하교 시간이라 교문 앞은 붐볐다. 소란이 일어나면 곧바로 교무실에 알려질 것이었다. 그러면 귀찮은 일이 벌어질 것 같았다. 일단 2학년을 따라 걸었다. 버스 정류소 맞은편, 24시 편의점 2층 게임방으로 가는 듯했다. 거기에 가면 시시껄렁한 일이 벌어질 것 같았다. 일부러 간격을 늘리며 천천히 걸었다.

버스 정류소 가까이 갔을 때, 마침 해운대로 가는 버스가 멈췄다. 2학년은 얼추 10미터쯤 앞서가고 있었다. 잠시 머뭇거리다가 버스 문이 닫히려고 할 때 훌쩍 타버렸다. 버스가 출발한 뒤 창밖을 보니, 2학년은 휴대폰을 꺼내 들고 어처구니없는 듯 웃고 있었다.

버스를 탄 김에 해운대해수욕장까지 갔다. 동백섬을 돌아 영화의거리까지 걸었다. 6학년 때 진이와 걸었던 대로 걸었다. 진이와 왔을 때는 늦가을이었다. 청설모를 보고 놀란 진이가 내 뒤에 숨었다. 그때 청설모가 타고 올랐던 소나무 아래에서 잠시 걸음을 멈췄다. 멈춰서서 동백나무 그늘에는 푸른색이 섞여 있는 것을 보았다.

다음 날 교실에 도착하자마자 문자가 왔다. 모르는 번호였다.

〈어제 있었던 일을 이야기 들었다. 네가 2학년 선배를 오해했다고 생각한다. 그래도 나는 네 행동이 마음에 든다. 순순히 따라왔다면, 글쎄? 너답지 않아 실망했을지도 모르겠다. 마음이 바뀌면 언제든 찾아와. 기다리겠다. 묻힌돌, 류민.〉

누군가가 지켜보고 있는 것 같아서 주변을 휙 둘러보았다. 문자 내용은 뜻밖이었다. 버스를 타버린 내 행동이 마음에 들었다고? 그리고 나답다고? 나를 쭉 지켜보고 있었다는 말인가? 내 전화번호는 어찌 알았지? 그리고 묻힌돌은 뭐지? 돌멩이? 류민 선배는 묘한 느낌으로 기억에 남았다. 전화번호를 저장했다.

그 뒤로, 아이들 사이에서 류민 이야기가 가끔 들렸다. 류민은 3학년에서 싸움도 공부도 짱이라고 했다. 게다가 소문난 모범생으로 묻힌돌도 류민이 만들었다고 했다. 신입회원은 류민이 허락해야 가입할 수 있으며, 남학생이든 여학생이든 좀 나대는 아이들은 묻힌돌에 가입하려고 애를 쓴다고 했다. 가입하라는 말을 듣는 것만으로도 1, 2학년에서는 먹힌다는 것이었다.

류민이 상을 받는 모습을 보았다. 1학년과 3학년이 등교한, 5월 마지막 주 월요일 방송조회였다. 모범 청소년 표창장 수여식이었다. 화면 속에서 류민은 다른 아이들과 달랐다. 다른 수상자들은 이름이 불리면 부끄러운 듯 고개를 돌리거나 표나게 얼굴을 붉혔다. 상을 받은 뒤에는 쫓기듯 화면에서 사라졌다.

류민은 달랐다. 선생님이 이름을 부르자 아무 표정 없이 앞으로 걸어 나왔다. 류민이 화면에 나타나자 아이들이 웅성거렸다. 다른 교실에서 나온 함성도 들렸다. 류민은 허리를 꼿꼿이 세우고 천천히 걸어 교장 선생님과 마주 보고 섰다. 표창장을 받고, 교장 선생님과 악수를 하고, 돌아서 고개를 약간 숙이다가 말았다. 조명등에 하얀 이마가 빛났고, 오른쪽으로 약간 치우친 가르마가 빗금처럼 반짝였다. 행동도 외모도 표가 나게 남달랐다.

먼저 류민에게 연락하고 싶은 마음이 잠시 들기도 했지만, 그러지 못했다. 남다른 모습이 싫지는 않았지만, 너무 낯설어서 마음을 접었다. 만일 류민이 다시 연락한다면, 피하지는 않을 것 같았다.

2학기를 시작하자마자 교복 바지를 바꾸었다. 한 학기 동안 키가 6cm나 커버렸다. 반에서 나보다 키가 큰 아이는 하나밖에 없었다. 코밑이 더 검어졌고, 목소리도 더 달라져 말만 하면 아이들이 쳐다보았다. 쉬는 시간이면 학교 화단을 보러 다녔다. 두어 명이, 뭔 일이 있나 싶은 표정으로 함께 나서더니 며칠 지나지 않아 혼자가 되었다. 띄엄띄엄 만나서인지 특별히 친해진 아이도 없었다. 가끔 류민이 궁금했지만, 그것뿐이었다. 진이는 여전히 아무 연락이 없었고, 나도 연락할 만한 이유를 찾지 못했다.

혼자 돌아다니며 랩을 지어 부르기도 했다. 처음에는 래퍼를 따라 하다 나중엔 내 맘대로 지어서 불렀다. 빠르고 강한 비트를 넣어 부르면 개운한 맛이 있었다. 물론, 남 앞에서 부른 적은 한 번도 없었다. 산길에서나, 방에 혼자 있을 때는 소리 내어 부르기도 했다. 욕을 섞으며 인상을 쓰거나, 어깨를 세우고 손가락으로 상대를 부르는 동작을 하기도 했다. 그때 자주 중얼거렸던 노랫말을 지금도 기억한다.

그래! 그때! 그런 일이 있었어. 그래! 나는 그렇게 태어났어. 태어나고 말았어! 내가 태어난 건 사고였어. 누구나 태어나는 것은 사고지! 누구나 사고로 태어나지. 살아가는 것도 사고지. 날마다 사고가 이어질 뿐이야. 누구나 사고 속에 살지. 어떤 남자가 있었어! 어떤 여자도 있었어. 어디선가 그들이 다가오고 있어. 가까이 다가오고 있어. 내게 묻지 마! 후, 엠, 아이? 후, 아, 유?

삼촌은 추석에 집에 오지 않았다. 이유를 묻지 않았는데 할머니는 자세히 설명했다. 삼촌이 일하는 청송에 재선충 때문에 소나무 피해가 늘어 벌목작업을 쉴 수 없다고 했다. 전에 없이 자세히 설명하는 것이나, 추석인데 집에 오지 않는 이유도 좀 억지스럽다고 생각했지만 토를 달지는 않았다. 삼촌이 오면 어떻게 해야 하나 고민하던 중이라 차라리 잘 됐다고 생각했다. 아무리 마음을 숨겨도 이전처럼 대할 수는 없을 것 같았다. 어떤 표정을 짓고 무슨 말을 해야 할지 도무지 알 수가 없었다.

　나는 삼촌이 일부러 오지 않는다고 믿었다. 정수와 있었던 일을 할머니가 알렸을 것이었다. 난처한 삼촌이 어떻게 할 수가 없어서 내 눈치를 본다고 생각했다. 삼촌이 먼저 말하기를 기다리는 것이 나은지, 내가 먼저 말을 꺼내야 할지 알 수가 없었다. 삼촌이 어느 날 불쑥, 내가 사실은 아버지다. 라고 하면? 아찔해질 것 같았다. 나는 갑자기 삼촌을 아버지라고 부를 수 있을까? 입이 떨어지지 않을 것 같았다.

어쨌든 삼촌은 갈팡질팡하고 있다고 생각했다. 그래서 설과 추석은 물론 할아버지 제사나 할머니 생신에도 오지 못하는 것이었다. 삼촌이 어떤 결정을 하고 행동하기를 기다리면 될 것 같았다. 그러기로 마음을 다졌지만, 마음은 하루도 편하지 않았다. 삼촌만 생각하면 마음이 끓는 물처럼 와글거렸다.

할머니를 볼 때마다 불쑥불쑥 짜증이 솟구쳤다. 갈수록 더 내 눈치를 보는 것도 거추장스러웠다. 할머니도 삼촌과 비슷할 것이라고 생각했다. 집에 늦게 들어오려고 일부러 일을 만들었고, 집에 들어오면 방에 틀어박혔다. 세 사람은 서로에게 닿는 선을 긋지 못했다. 닿지 않을 거리를 유지하며 세 점으로 둥둥 떠다니고 있었다.

여러 가지 생각이 뒤섞이면 결론은 언제나 같은 질문으로 만들어졌다. 질문은 두 가지였는데 대체로 순서대로 나타났다. 먼저 떠오르는 질문은 엄마에 관한 것이었다. 도대체 나는 어떻게 태어났을까? 삼촌이 아버지라면 엄마는 누구인가? 엄마는 어디에 살고 있을까? 엄마는 살아 있을까? 살아 있다면 왜 한 번도 나를 찾지 않을까? 삼촌과 할머니가 막는 건 아닐까? 질문이 이어지면 숨이 가빠지고, 상대가 누군지도 모르게 싸우고 싶은 마음이 끓어올랐다. 그러다 마음이 누그러지면 다른 질문이 떠올랐다. 진이는 왜 갑자기 연락을 끊었을까? 다른 사람이 되겠다는 말은 무슨 뜻일까? 시곗바늘이 갑갑하다는 것은 무슨 말일까? 마지막이라는 말은? 내가 먼저 연락해도 될까?

두 가지 질문에 빠지면 머릿속에서 바퀴가 도는 것 같았다. 바퀴는 나갈 길을 찾지 못하고 뱅뱅 돌기만 했다. 바퀴 돌아가는 속도가 빨라지면 몸속에 연기가 가득 차올랐다. 연기는 질식할 듯 가슴을 채우다가 입김처럼 코나 입으로 뿜어져 나왔다. 코나 입으로 연기를 뿜어내는 생각을 하다가, 진짜 담배를 피워보고 싶을 때가 있었다. 담배를 살까 몇 번 망설였지만, 가게에서 거짓 나이를 말할 자신이 없었다.

학교에서는 여러 개의 얼굴로 사는 것 같았다. 갑갑한 속마음을 겉으로 드러내 보이고 싶지 않았다. 그럴 때마다 바꾸어 써야 하는 가면을 찾아 고민했다. 뜻대로 되지 않을 때가 많았다. 그러다 이상한 짓을 한 적도 있었다.

체육 시간에 공 던지기 평가를 할 때였다. 선생님이 기록을 재는 위치가 어중간해 보였다. 선생님을 넘겨버릴 수 있을 것 같았다. 공을 들고 뒤로 몇 걸음 물러섰다가 나아갈 때, 선생님을 겨냥할까 하는 이상한 마음이 퍼뜩 생겼다. 체육 선생님을 겨냥할 이유는 없었다.

공이 선생님 쪽으로 날아가자 함성과 비명이 섞인 듯한 소리가 났다. 그때서야 아차 싶었다. 일부러 잘못 던진 시늉을 크게 내서 얼버무렸지만, 순간적으로 선생님을 겨냥한 마음은 분명히 있었다.

갑자기 갑갑증이 터져버린 적도 있었다. 종회 시간을 앞두고 책상을 정리할 때였다. 벗어두었던 윗옷을 입는데 왼쪽 소매가 꼬여 팔이 들어가지 않았다. 갑자기 머릿속으로 더운 연기가 밀려들었다. 짜증이 솟아 팔을 확 펴버렸다. 겨드랑이가 주욱 찢어졌다. 찢어지는 소리가 머릿속 온도를 더 높이고 말았다. 귀나 눈으로도 연기가 뿜어져 나오는 것 같았다. 팔에 걸려 있던 옷을 바닥에 패대기친 뒤, 바닥에 널브러진 것을 밟고 팔을 뽑아내듯 당겨버렸다. 뜯어진 소매가 손에 잡혀 덜렁거렸다.

갑자기 주위가 조용해졌고, 뭔 일을 저질렀다는 것을 알았다. 고개를 들자 담임 선생님이 놀란 눈으로 바라보고 있었다. 왜 그랬는지 모르겠지만, 담임 선생님과 눈이 마주쳤을 때 히죽 웃었던 것 같다. 귀에서 쩡하고 쇠줄 떨리는 소리가 들렸다. 어색한 웃음을 거두지 못하고, 두 조각이 된 옷을 가방에 구겨 넣었다. 선생님을 보고 잠시 고개를 숙인 뒤 가방을 메고 그대로 교실을 나와 버렸다. 다행히 선생님은 소리를 지르거나 붙잡지 않았다.

생각지도 못한 일로 전교에 화제가 되기도 했다. 과학 수행평가 때문이었다. 과학 선생님이 낸 문제는 숲에서 볼 수 있는 천이 과정을 설명하라는 것이었다. 산길을 걷다가 참나무 사이에 있는 소나무가 유난히 가늘게 자라거나, 시들시들하다 죽는 것을 자주 보았다. 그것을 천이 과정으로 설명했는데, 과학 선생님이 모범답안으로 전교에 소개한 것이었다. 공부로 아이들 입에 오르내린 것은 처음이었다.

그 뒤, 아이들 사이에서 이상한 소문이 돈다는 것을 알았다. 내가 일부러 시험 점수를 낮추어 선생님들을 갖고 논다거나, 열아홉 살 차이 나는 아버지가 스님인데, 중학교 마치면 아버지 따라 스님이 될 것이라거나, 류민이 후계자로 찍었지만 보란 듯이 거절했다는 등의 이야기였다.

봄방학에 학교와 집 중간쯤에 있는 격투기 체육관에 등록했다. 떨리도록 주먹을 말아쥐면, 마음속에 뭉쳐진 것들이 주먹에 모였다. 모인 힘을 흩어버리지 않으면 견딜 수 없을 것 같았다. 수련 중에 다칠 수 있다는 말도 귀에 들어오지 않았다. 신나게 얻어터지는 기분도 나쁠 것 같지 않았다. 힘이 완전히 빠져버린 상태를 느껴보고 싶었다.

2학년이 되자 반에서 키가 제일 컸다. 새로 모인 아이들은 의심스러운 눈초리로 서로를 탐색했지만, 집적거리지는 않았다. 나는 맨 뒤에 앉아서 남처럼 아이들을 바라보곤 했다. 모였다가 흩어지는 모습이 비 온 뒤 산에서 물이 흘러가는 모습과 비슷하다고 생각했다. 아이들은 끊임없이 편을 만들었다가 흩어지고 다시 만들기를 반복했다.

선생님들은 가장 시끄럽고, 조심성 없이 용감하고 사나운 수컷 포유류, 중2 사피엔스가 되었음을 축하한다고 말했다. 아이들은 그 말을 증명하려는 듯, 먹잇감을 본 굶은 육식동물들처럼 용감해졌다. 쉬는 시간에 출입 금지구역인 1학년 여학생 교실 골마루로 몰려다니거나, 1학년 남학생들을 둘러싸고 떼를 지어 웅성거리기도 했다. 만만한 여선생님 수업이 든 날에는 아침부터 모여 앉아 뭔가를 의논한다며 시시덕거렸다.

그런 일에는 끼지 못했지만, 사고는 내가 먼저 치고 말았다. 음악 선생님이 교실로 찾아와 피아노를 옮겨달라고 한 날이었다. 담임 선생님은 당연한 듯 뒷줄에 앉은 몇을 불렀다. 교실 밖으로 나가면서 넥타이를 풀어 주머니에 넣었다. 피아노를 옮기고 화장실에서 손을 씻고 나오다 생활지도부 선생님을 만났다. 1학년 때 체육 선생님이었다. 선생님은 아래위를 번갈아 바라보더니 다짜고짜 복장 불량이라며 반성문을 써서 교무실로 오라고 했다. 피아노를 옮기고 나오는 길이라고 말했지만 소용없었다.

뻔한 사정을 들어주지 않는 선생님을 이해할 수 없었

다. 교실로 가다가 계단 모퉁이에 있는 들통을 차버렸다. 들통은 계단을 굴러가며 우당탕 큰 소리를 냈고, 계단 아래에 모여 있던 여학생 몇이 비명을 질렀다. 그 소리를 듣고 되돌아온 생활지도부 선생님은 도끼눈을 뜨고 말했다.

"너 작년에 날 맞추려고 공을 던지더니. 요새 격투기 배운다며? 덩칫값을 하겠다 이거야? 어디서 개겨? 교무실로 따라와!"

다짜고짜 몰아세우는 통에 한마디도 하지 못했다. 선생님 뒤를 따라가면서 몇 번이나 큰 숨을 내쉬었다. 마음 한쪽에서 운동장 밖으로 달려 나가버리라고 자꾸 말했다. 또 다른 쪽은 교무실에 가서 다시 사정을 이야기하자고 다독거렸다. 두 마음이 뒤엉켜 다투었다. 결국 교무실로 갔다. 선생님은 교무실에 들어서자마자 사냥에 성공한 사냥꾼처럼 말했다.

"하, 신학기에 벌써 요런 놈이 있네. 넥타이 안 맨 복장 불량을 지적했더니, 보란 듯이 들통을 날려버리네. 여학생이 맞았으면 사고 날 뻔했다니까요."

담임 선생님이 다가왔다. 2학년 담임 선생님은 국어를 가르치는 여선생님이었다. 생활지도부 선생님은 의기양양하게 다시 사냥 성공담을 말했다. 될 대로 되란 마음으로 창밖만 바라보았다.

"쌤, 이놈이 덩칫값을 하네요. 이런 놈은 초장에 잡아야

해요. 봐주면 나중에 식겁해요. 시범적으로 초장에 확실히 잡아야 일 년이 편해요. 학칙대로 벌점을 매기세요. 복장불량에 지시불응, 아시겠죠?"

담임 선생님은 말없이 고개만 끄덕였다. 생활지도부 선생님이 자기 몫을 다했다는 듯 밖으로 나가자, 담임 선생님이 다가와 말없이 견대팔을 잡아끌었다. 교무실 밖으로 나올 때까지 아무 말이 없었다. 나는 일이 벌어진 사정이라도 말하려다가 입을 닫아버렸다. 일이 커지면 지난해에 공을 던진 이야기가 또 나올 것 같았다. 어서 시간이 지나가기만 바랐다. 현관문 옆에서 운동장을 멍하게 바라보고 있었는데 담임 선생님이 불쑥 말했다.

"김연수, 1년 동안 잘 부탁한다."

꾸중이 쏟아질 줄 알았는데 뜻밖이었다. 대답할 말을 찾지 못하고 그대로 운동장만 바라보고 있었다. 선생님이 어깨를 툭 치며 다시 말했다.

"반이 정해진 뒤, 사서 선생님이 일부러 오셔서 그러더라. 네가 우리 학교에서 책을 가장 많이 읽는다고. 도감도 읽는다며?"

"…"

"소설도 좋아한다던데, 요즘은 누구 읽니? 나도 소설 좋아해. 도서실에 없는 것도 좀 있으니까, 필요하면 언제든 와도 좋아. 읽고 종종 이야기 나눴으면 좋겠어. 네들이 소설을 어떻게 읽는지 궁금해. 여튼, 잘 부탁해! 이제 교실로 가! 아무 일도 없을 거야."

나는 멍한 기분이 들어 우물거리다가 돌아섰다.

몇 개의 가면을 번갈아 쓰고 사는 게 아니라, 이제는 두 사람이 내 속에 들어와 사는 듯했다. 1학년 때와는 분명하게 달라진 것이었다. 둘은 아예 마음을 나누어 자리를 잡고 들앉은 것 같았다. 하나는 말이 없고 마음을 드러내지 않았지만, 다른 하나는 날마다 들끓는 제 성질에 어찌지 못하고 쩔쩔맸다. 둘이 심하게 다툰 날은 몸살을 앓는 것처럼 열이 나고 두통에 시달렸다.

등교하지 않는 주에는 말을 한마디도 하지 않는 날이 많았다. 그러다가 진이나 삼촌이 떠오르면 머릿속이 시커먼 덩어리로 변해버렸다. 무엇부터 풀어야 할지 알 수가 없었다. 생각할수록 머릿속 시커먼 덩어리는 먹물이 되어 온몸으로 번져갔다. 그런 날은 체육관에서 서 있지도 못할 만큼 땀을 쏟았다.

그러던 어느 날, 거짓말처럼 삼촌이 집에 왔다. 온천천 둑 벚나무가 연초록색 터널을 이룬 때였다. 학교에서 체험학습으로 해운대 미술관을 견학한 날이었다. 나는 풍경 스케치 작품만 내고 곧바로 집으로 가기로 한 학급 약속을 지키지 않았다. 버스 정류소 근방에서 어슬렁거리다 슬그머니 일행에게서 벗어났다. 길을 덮은 그늘을 밟으며 달맞이길을 오르다 바닷가 산길을 따라 청사포로 길을 잡았다. 소나무 사이로 바다가 확 열렸을 때, 햇살을 받아 빛나는 윤슬이 물에 뜬 벚꽃잎 같았다.

청사포 방파제에 앉아 어두워지기를 기다렸다. 어둠이 사방을 에워싸자, 먼바다에서 불빛 무더기가 몇 군데 돋아났다. 고기잡이배가 밝힌 집어등이라는 것을 알고 있었다. 방파제에 몰려와서 하얗게 부서지는 파도를 바라보다가 마을 쪽으로 몸을 돌렸다.

불을 밝힌 저 방에 있는 사람들은 무슨 이야기를 할까? 문득 떠오른 물음이었다. 그러자 내 방이 떠올랐고, 나는 방 가운데에 우두커니 앉아 있었다. 곧 할머니와 삼촌이 나타나 우물쭈물하며 맴돌았다. 나는 둘을 피해 집 밖으로 나갔다. 달려가다 산길 입구에서 길을 잡지 못하고 갈팡질팡 헤매었다. 가로등이 부옇게 퍼져 보일 때쯤 일어섰다. 집으로 오는 내내 무거운 짐을 진 듯 온몸이 묵직했다.

현관문 앞에 서자 집 안에서 웅성거리는 소리가 새어 나왔다. 드문 일이라 문에 가까이 서서 들어보았다. 들리는 소리는 분명 삼촌 목소리였다. 놀라서 물러섰으나 마음을 다잡기도 전에 문이 열렸다. 할머니가 놀란 표정으로 나타났다.

삼촌은 술에 몹시 취해 있었다. 두 팔을 바닥에 짚고 앉아 겨우 허리를 세우고 있었다. 들어서며 목을 숙여 인사하자 놀란 듯 벌떡 일어나다 크게 흔들렸다. 벽을 짚고 겨우 중심을 잡은 삼촌은 한 손으로 내 어깨를 짚고 말했다.

"소풍 갔다가 늦었구나."

들큼한 더운 숨이 얼굴에 확 끼쳤다.

"네. 견학 갔다가 친구들과…."

"저녁 먹어야지?"

할머니가 나와 삼촌 사이에 끼어들었다. 나는 먹고 왔다고 둘러댔다. 삼촌은 어깨를 짚었던 손을 내리고 가만히 서 있었다. 잠시 눈을 마주친 순간이 있었다.

드디어 삼촌은 이야기를 꺼낼 것인가. 나는 삼촌을 똑바로 바라보았다. 짧은 순간, 시간이 멈춘 듯했다. 그러나 삼촌은 우물우물 눈길을 돌려버렸다. 더운 숨만 몇 번 더 뿜어내더니 비틀거리며 물러섰다. 삼촌이 주저앉는 것을 보고 방으로 들어와 그대로 침대에 누워버렸다. 잠시 마주쳤던 눈빛이 떠올랐다. 벌겋게 물든 눈빛은 분명히 떨리고 있었다. 한동안 거실이 조용했다.

"어머니!"

제법 시간이 지나 울린 목소리가 침묵을 깼다. 갑작스러운 불빛을 맞은 듯 정신이 맑아졌다.

"연수는…."

삼촌은 꺼낸 말을 잇지 못하고 머뭇댔다.
"연수가 듣겠다. 다음에 말해라."
"어머니, 제가 어떻게 하면 될까요?"
문 쪽으로 바짝 당겨 앉았다. 애타는 시간이 제법 흐른 뒤 할머니가 말했다.
"연수는 여느 아이와 다르다. 나이보다 속이 여물다."
"연수가 무서워요."
말끝이 떨렸다. 나는 삼촌이 울음으로 이야기를 멈추지 않기를 바랐다.
"연수는 속을 쉽게 드러내는 아이가 아니다."
"다 알고도 지금까지 한마디도 안 해요. 그게 더 무서워요."
아! 삼촌은 내가 먼저 말하기를 기다렸단 말인가?
"부자간에 흐른 시간인데 원망만 커졌겠느냐. 아이는 아범이 먼저 말하길 기다릴 것이다."
"내가 무슨 낯짝으로 먼저 말을 꺼냅니까?"
"썩은 나무를 어디에 버리겠니? 나무 사이에 버려야지. 이미 때를 놓쳤지만, 언젠가는 아이 앞에 꺼내야 한다. 그건 어른이 먼저 꺼내는 게 맞다. 아이가 뭘 어떻게 묻겠니? 어른들이 준비할 시간을 주는 게다. 연수는 그런 아이다."
다시 조용해졌다. 밖으로 나가서 삼촌과 이야기할까? 한참 생각했다. 나가면 무슨 말을 어떻게 해야 하나? 이러지도 저러지도 못하고 마음만 요동쳤다. 그때 그 아이가 나타났다. 그 아이는 입을 다물어 침을 삼킨 뒤 말했다. 아직 누구도 준비되지 않았다. 마음을 거두어들일 수밖에 없었다.

"연수가 얼마나 원망할까요?"

한참 만에 터진 목소리에 울음이 섞이기 시작했다. 삼촌이 울지 않기를 바랐지만, 삼촌은 너무 취해 있었다.

"때가 오면, 맨정신에, 숨김없이 말해야 한다. 연수는 그때를 기다리고 있는 게다. 오늘은 취했다."

"어머니가 그걸 어찌 알아요?"

"나도 눈은 뜨고 살았다."

할머니는 단호하게 말을 맺었다. 감정에 휩쓸리지 않으려고 애를 쓰는 것 같았다. 모든 공기가 흐름을 멈춘 듯했다. 두 무릎을 싸안고 이어질 말을 기다렸다.

"어머니!"

한참 만에 뭉텅이를 토한 삼촌은 기어이 꺽꺽거리기 시작했다. 할머니가 낮은 목소리로 말했다.

"연수가 겪은 일은 모두 내가 잘못해서 생긴 것이다. 내가 할아버지와 제대로 살지 못한 탓이다. 어미나 할미로서 할 말이 없다."

"연수한테 미안하고, 지난 시간이 원망스러워요. 어머니…."

"지금 이런다고 지나온 일이 바뀌겠나. 덕분에 연수는 빨리 철이 들었다. 진즉부터 내가 연수에게 기대고 산다. 어서 자거라. 새벽에 나서려면 지금도 늦었다."

삼촌은 소리 죽여 울기 시작했다. 나는 밖으로 뻗었던 모든 감각을 거두어들였다. 얼마 뒤, 삼촌이 눕는 소리가 났고, 할머니가 뱉은 깊은 한숨 소리가 들렸다.

한참 뒤, 할머니가 방에 들어왔지만 잠든 척했다. 할머니가 나간 뒤, 새벽까지 잠들지 못하고 뒤척였다. 삼촌은 코 고는 소리나 끙끙 앓는 소리를 잠시도 끊지 않았다. 머릿속은 더 헝클어졌지만, 분명해진 것도 있었다. 풀어야 할 문제가 세 사람 앞에 분명히 드러났다. 바뀔 것이 하나도 없는 분명한 것이었다. 새벽에 깜빡 잠이 들었다가 화장실에 가려고 나와 보니 삼촌은 없었다.

아침에 마주친 할머니는, 삼촌이 세금 문제 때문에 잠시 들렀다고 얼버무렸다. 주소지를 자주 옮겨 다닌 탓에 고지서를 제대로 받지 못해 벌금을 냈다고 덧붙였다. 나는 말없이 듣기만 했다. 사실이겠지만, 내게는 중요한 이야기가 아니었다. 거실에서 나는 소리가 내 방까지 들린다는 것을 할머니가 모를 리 없다. '할머니가 내 방에 들어왔을 때, 내가 잠든 척하지 않았다면 할머니는 무슨 말을 했을까?'만 생각했다.

이제 삼촌은 어떻게 나올까? 나는 삼촌을 어떻게 만나

야 하나? 다시 안갯속이 되어버렸다. 할머니와 쉽게 눈을 마주칠 수 없었다. 갈수록 더 데면데면해졌다.

나는 드러낼 수 없는 어떤 비밀을 가지고 태어난 사람이라는 생각이 들 때도 있었다. 어디에 사는지? 아니 돌아가셨을지도 모르는 엄마를 떠올리면, 알 수 없는 사건에 휘말려 있을지도 모른다고 생각했다. 알 수 없는 것들이 층층 쌓인 마음은 몸을 움쩍 못 하게 가두다가, 어떤 날에는 발가벗겨서 밖으로 내쫓기도 했다.

뾰족한 곳에 얹힌 널빤지처럼 중심을 잡지 못하는 생활이 계속되었다. 학교에서 조퇴하거나 결석하는 날도 많았다. 조퇴하는 나를 바라보는 담임 선생님 눈빛은 온몸을 옭아매는 끈 같았다. 혼자 시내를 걸어 다니면, 불쑥불쑥 아무도 모르는 곳으로 도망을 가거나, 죽어버리고 싶은 마음이 생기기도 했다. 그런 날 밤에는 이불을 뒤집어쓰고 울었다.

그러다 방학을 맞았다. 방학은 일부러 체육관에서 많은 시간을 보냈다. 답답한 마음을 숨기기 위해서 미친 듯이 샌드백을 때리고 찼다. 몇 번이나 코피를 쏟았다. 처음으로 몸무게도 줄었다. 탈진 상태가 되어 매트에 드러누우면 그렇게 편할 수가 없었다.

개학해서는 생활을 단순하게 하려고 노력했다. 학교에

서는 묻는 말에 대답하는 일 말고는 아무 말도 하지 않았다. 도서실에 가도 사서 선생님과 말하는 것은 삼갔다. 틈만 나면 걸음을 세듯 천천히 산길을 걸었다. 그래도 마음 한쪽이 부글거리며 팽팽하게 부풀어 오를 때가 많았다. 어디에라도 닿으면 터져버릴 것 같았다.

여름이 가고 가을이 깊어졌다. 온천천 벚나무잎이 지고 곧 산길에 서어나무잎이 날렸다. 이어 상수리나무잎이 길바닥에 굴렀다. 흙색을 닮아가는 나뭇잎을 바라보면 마음이 차분해지곤 했다.

시간은 흐르면서 모나게 맞선 곳들을 부드럽게 만드는 힘이 있었다. 확확 타오르거나 잠기듯 가라앉는 일은 점점 줄어들었다. 조퇴나 결석하는 일도 줄어들었다. 그러구러 마음속 덩어리를 겉으로 드러내지 않는 요령을 익힌 것 같았다. 마음이 구겨지며 생긴 주름이, 화닥닥거리는 불을 덮어버리기도 했다. 마음을 가둔 울타리가 사방으로 조금씩 늘어난 것 같았다.

할머니와 어색하던 시간도 시나브로 변해갔다. 서로 필요한 말만 하다가, 걱정하는 말도 오가게 되었다. 오가는 말이 많아지면서 표정이 변했고, 표정이 변한 뒤에는 거리가 가까워졌다. 가까운 사람에게는 손이 닿기 마련이었다.

진이 소식은 뜻밖에도 정수에게서 왔다. 정수가 진이와 같은 중학교에 다니는 것은 알고 있었다. 거기서도 잰 체하며 잘나간다는 소문도 들었다. 빛 알갱이들이 안개처럼 쏟아지던 늦가을 달밤과 어울리지 않는 문자였다.

〈야! 너 고기서도 영감이라며? 꼰대새끼완 말을 석지 않으려고 했지만 이소식은 알려야 할 꺼 같다 6학년 때 7반 개이 뺏던 허진 알지?〉

맞춤법이 많이 틀렸지만, 장난은 아닌 듯했다.

〈말해 무슨 일이야?〉
〈먼저 나한테 할말 없냐?〉
〈없어 할 말이나 해〉
〈이런 쏩새 그래 아버지 잘 크냐? 올해는 몇살이냐?〉
〈딴말 말고 어서 말해. 허진이가 뭐?〉
〈ㅋㅋㅋ 니들 진짜깨졌냐? 쫑낫어?〉
〈그게 궁금해서 문자질이야? 깨진 앞니는 새로 났냐?〉

뻗대는 정수를 자극할 수 있는 말이라고 생각했다.

〈하 개새끼! 만나면 마빡을 뿌사줄게〉

〈그래 알았다 무서우니까 만나지 말자〉

〈얌마! 허진이 가출했어 아냐?〉

〈뭐? 언제 이야기야?〉

〈가출 몰라? 졸라 튀었다고 인마 작년 겨울에 가출해따가 지금은 우리 학교에 안 다녀 울산갔다고 인마〉

〈뭐? 왜 그걸 이제 말해?〉

〈네가 언제 물어봄?〉

〈너 거짓말이면 또 맞는다〉

〈개새끼 학교서 꼰대왕따로 산대서 불쌍해서 알려주니까 뭐? 거짓말? 몬 믿겟으면 직접 알아보든지 야! 닌 한판 붙을 준비나해 남자끼리 랭킹은 정해야지 안그래?〉

정수가 거짓말을 하는 것 같지는 않았다. 가출? 울산? 다시 엄마에게 갔단 말인가? 왈칵 먼지를 마신 것처럼 가슴이 답답해졌다. 진이가 보낸 마지막 문자를 떠올렸다. 몰라보게 달라질 것이라던 진이. 무슨 일이 일어난 것일까? 전화를 걸까 생각했지만 진이가 받지 않을 것이 분명했다. 다음 날, 정수를 만나보기로 했다. 정수는 그럴 줄 알았다며 자기가 다니는 학원 옆에 있는 PC방으로 오라고 했다.

정수는 겉모습이 많이 변했지만, 금방 알아보았다. 게임에 빠져 있다가 내가 옆에 서자 거들먹거리며 일어섰다. 주먹 하나는 더 컸다. 이마에 여드름이 돋아 맨드라미꽃이 핀 듯했다. PC방에서 나와 옆 골목길에서 마주 보고 섰다.

"너 키 많이 컸다."

"남자가 2미터는 돼야지, 인마."

정수는 아래위로 눈을 희번덕거리더니 담배를 꺼내 물었다.

"하냐? 한 대 줄까?"

"안 어울려 인마."

"흐흐. 개새끼. 아직 깡다구는 살아 있네. 네가 이 인생의 쓴맛을 알것냐? 그건 글코 너 나한테 할 말 없냐?"

"여전하네."

"씨발놈, 그래, 좋다. 나도 쩨쩨하게 초딩 때 일로 시비 트고 싶지 않다 인마."

"허진 이야기나 해."

정수는 입에서 뿜은 연기를 코로 빨아들이며 말했다.

"가출도 했다고 인마. 너는 사귄다면서 몰랐냐?"

"가출? 왜?"

"그건 나도 모르지 인마. 학교와 밤 생활이 달랐으니까."

"밤 생활? 그게 무슨 말이야?"

"허진이 졸라 많이 튀었어, 인마."

"튀어? 어떻게?"

"학교에서는 내숭 떨다가 밤에는 졸라 통 크게 싸돌아

다녔다고."

"통 크게?"

"부산대나 서면에서 놀았다고."

"그래? 또?"

"그 가시나가 콧대는 졸라 높았어. 우리는 쌩깠어. 씨발, 나 참."

"아는 대로 다 말해."

"아, 솔까 허진이가 개이쁘잖아. 내가 대쉬를 했지 인마."

"그래서?"

"뭐가 그래서야. 나랑 잘됐으면 가출했겠냐? 내가 이 너른 가슴으로 잘 보살폈겠지. 근데 인생 십오 년에 처음 까였네, 씨발."

"그래서?"

"그래선 뭐가 그래서야! 깨끗하게 물러났지. 내가 좀 쿠울 하잖아! 인마."

"더 아는 건 없어?"

"하, 씨발. 그때 잘 물러섰지. 더 껄떡댔으면 골로 갈 뻔했더라고. 너, 류민 선배 알지? 공부 잘하는 고등학교 간 니네 선배. 허진이가 류민하고 어울린대. 너도 장수하려면 빨랑 접어 인마."

아무 말도 할 수가 없었다. 차근차근 정리를 해야 했다.

"잘 있어, 인마. 참, 담배 안 어울려."

"허이, 개새끼. 곧 죽어도 이빨은 살아 있네. 꺼져라 인마. 힘든 일 있으면 찾아오든지. 킬킬."

연기로 도넛을 만들어 보인 정수는 건들건들 어깨를 흔들며 PC방으로 들어갔다.

정수와 헤어진 뒤 여러 가지 생각이 들었다. 알고 있는 진이 소식이 아무것도 없었다는 것이 새삼스럽게 떠올랐다. 졸업식 날 받은 뜻을 알 수 없는 문자와 이틀 뒤에 택배로 받은 시계가 전부였다. 그것에 묶여 혼자 끙끙대고만 있었던 것이었다.

진이에게 할 말이 있다고 짧은 문자를 보냈다. 여러 생각을 끊어내고 보내기 버튼을 눌렀다. 정수 말을 듣고는 더 참을 수가 없었다. 진이는 다음 날 새벽에야 문자를 읽었다. 답을 기다렸지만, 종일 답이 없었다. 이틀 안에 답하지 않으면 류민에게 바로 물어보겠다고 문자를 보냈다. 내가 꺼낼 수 있는 마지막 말이었다.

진이가 답을 보낸 것은 밤이 깊어서였다. 자기 전, 침대 모서리에 두 발을 걸고, 방바닥에 손을 짚고 하는 팔굽혀펴기를 정확히 스무 개 했을 때 문자 신호음이 울렸다.

〈왜?〉

6학년 졸업식 이후 처음으로 연락이 닿은 것이었다. 뭉텅한 한 글자에 피식 웃음이 났다.

〈할 말이 있어〉
〈나는 없어〉
〈정수 만나서 다 들었어〉
〈그 떠버리 돼지 새끼!〉
〈달라지겠다는 게 겨우 가출하겠다는 거였어?〉
〈마음대로 생각해〉

그러곤 문자가 끊어졌다. 나도 이어갈 말을 찾지 못했다. 막막한 그 시간에 진이와 보낸 온갖 시간이 스쳐 갔다. 학교 앞 건널목, 반송, 해운대 동백섬, 서면. 떠오른 그림들이 마구 뒤섞이기 시작할 때쯤 다시 문자가 왔다.

〈이제 다 끝났어〉
〈뭐가?〉
〈다시 울산으로 왔어〉
〈왜 말 안 했어?〉
〈말하고 싶지 않았어 지금도 말하고 싶지 않아 원래 이렇게 하기로 돼 있었어〉
〈너 무슨 일이 있지?〉

〈아무 일도 없어 그러니까 더 묻지 마! 그리고 이제 연락하지 마〉

진이는 다시 연락을 끊어버렸다. 몇 번 더 문자를 보냈지만 읽지 않았다. 번호를 차단했다고 생각했다.

멍멍한 날들이 이어졌지만 체육관에 다니는 일에는 열중했다. 코치는 재능 있다는 말로 거들었다. 주먹이나 발등에 묵직한 무게가 실리면, 가슴속에는 다른 무엇이 그 무게만큼 차올랐다. 체육관에서 완전히 지쳐버린 날은 맘이 편했다.

샤워한 뒤 벗은 몸을 거울에 비춰보며 손바닥으로 가슴팍을 팍팍 치는 고등학생들을 흉내 내기도 했다. 매일 밤, 자기 전에 하는 팔굽혀펴기 외에 온천천 산책로를 한 시간 넘게 달렸다. 몸에 힘이 붙는 게 느껴졌다. 그러다 사고가 나고 말았다.

체육관 수련생은 취미반과 선수반 그리고 다이어트 미용반으로 나눠져 있었다. 나는 취미반이었다. 그날은 어쩌다 선수반과 함께 수련하게 되었다. 선수반은 대부분 태권도나 유도, 권투 등을 배운 고등학생 유단자들이었다.

겨루기 짝을 맞추던 코치가 고등학교 일 학년 형과 맞설 짝으로 나를 불렀다. 그날은 체급에 맞는 상대가 하필 나뿐이었다. 잠시 망설였지만, 응하고 싶은 마음도 생겼다. 링 안에 들어가자 우우! 하는 야유와 웃음소리가 났고, 상대가 된 형은 피식 웃으며 언짢은 마음을 숨기지 않았다. 코치가 형을 불러 살살 해주라고 말했다.

   글러브를 끼고, 얼굴과 몸통에 보호대를 찬 뒤, 잠시 눈을 감았다. 슬금슬금 스며드는 두려움에서 벗어나고 싶었다. 그 아이가 등을 토닥거리는 손길을 느꼈다. 어금니를 꽉 깨물었다.

   주먹에 얼굴을 몇 번 맞았지만, 그리 세지 않았다. 솔직히, 먼저 세게 한 방 맞고 싶었다. 그러면 마음 놓고 공격할 수 있을 것 같았다. 딴생각에 마음이 느슨해진 순간, 형이 지른 뒤차기가 배에 꽂혔다. 보호대가 밀리며 퍽! 소리가 났고, 선수반에서 기합 소리가 "아우!" 하고 울렸다. 다행히 명치를 비켜 맞아서 옆으로 돌면서 숨을 고를 수 있었다. 이젠 공격해도 되겠다고 생각했다.

   태권도 검은띠인 형은 주로 발차기로 공격했다. 응원하는 선수반을 힐끗힐끗 둘러보며 공격을 서둘렀다. 발차기를 피해 스텝을 밟으며 생각했다. 겨루기가 예상 밖으로 팽팽하게 진행되자 주위가 조용해졌다. 형이 오른발로 공격할 때마다 왼손이 아래로 처지는 것을 확인했다. '발차기를 크게 하면 체중이 한쪽으로 쏠리기 마련이다. 그러면 중심을 잡기 위해 두 손으로 얼굴을 방어하기 어렵다. 그때 카운트펀치를 노려야 한다.' 2분을 뛴 1회전이 끝나고 코너에서 숨을 고를 때, 그 아이가 귀에 대고 작전을 지시하는 소리를 들었다.

 2회전이 시작되었다. 형은 더 서둘렀다. 아예 가드를 내리고 연이어 발차기로 공격했다. 틈이 분명히 보였다. 형이 머리를 노리고 오른발을 길게 뻗었다. 형이 팔을 내린 틈을 노려 겨누고 뻗은 오른손에 눈두덩이가 묵직하게 얹혔다. 어디선가 아! 하는 짧은 탄성이 터졌고, 형은 중심을 잃고 엉덩방아를 찧었다. 심판을 보던 코치도 놀란 표정이었다. 형은 금세 일어났다. 심판이 카운트하는 동안 피식 웃었지만, 두 눈썹을 연달아 두세 번 모았다 폈다.

 다시 경기가 이어졌고 형의 발차기는 더 거칠어졌다. 나는 붙거나 밀면서 발차기를 피하고 주먹 뻗을 거리를 찾으려고 했다. 그러다 클린치한 팔을 풀려고 몸을 숙이는 순간, 무릎이 쑥 올라왔다. 반칙! 외치는 심판의 소리가 아득하게 들렸다.

 눈을 뜨니 여러 사람이 내려다보고 있었다. 눈두덩이가 얼음찜질한 것처럼 감각이 없었다. 어지럽고 머리가 찌르는 듯 아팠다. 코치가 업고 병원으로 달렸다. 업혀 가면서 찌잉하게 이어지는 통증이 뭔가를 해버렸다는 후련함과 뒤섞이기도 했다.

 사진을 보던 의사는 눈을 둘러싼 뼈에 금이 갔다고 했

다. 안와골절! 전화를 받은 할머니가 급히 왔고, 나는 힘주어 웃으며 괜찮다고 말했다. 내 짐을 들고 옆에 서 있던 형에게도 괜찮다고 말했다. 부기가 빠지면 수술해야 한다고 했다. 수술에 필요한 몇 가지 검사를 하고 입원했다. 이틀 뒤에 수술을 받았다. 옷을 챙겨주고 돌아서는 할머니는 애타는 눈빛을 보냈지만, 입원실 규칙은 보호자 출입 금지였다.

의사는 당분간 절대 안정이 필요하다며 계단도 오르내리지 말라고 했다. 링거병을 달고 입원실 복도를 걸어가 창밖을 바라보거나 누워서 지낼 수밖에 없었다. 한 눈으로는 전화기도 오래 볼 수 없었다. 그런데 정작 힘든 것은 따로 있었다. 눈을 감고 있으면 진이와 삼촌이 번갈아 떠올랐다. 그럴 때면 수술한 눈이 더 아팠다. 억지로 떼어내려 했지만, 머릿속 그림은 발등에 올라탄 그림자처럼 떼어낼 수 없었다. 멍하니 누워서 벽에 걸린 텔레비전을 보며 저절로 사라지기를 기다려야 했다.

그렇게 나흘을 보낸 저녁, 난데없이 진이에게서 문자가 왔다.

〈좀 어때?〉

〈뭐가?〉

〈다친 건 괜찮아?〉

〈괜찮아 어떻게 알았어?〉

〈언제 퇴원해?〉

〈월요일〉

〈알았어〉

연락하지 말라는 문자를 받은 뒤 처음 받은 문자였다. 마음을 드러내지 못하고 뭉텅뭉텅 주고받은 문자였지만 진이가 누군가로부터 꾸준히 내 소식을 듣고 있다는 것은 분명했다. 뜻밖이었다. 울산으로 갔다는 소식을 알린 뒤 번호를 차단하고 다시는 연락하지 않을 줄 알았다. 마지막, 알았다는 말이 무슨 말인지 알 수 없었지만 이제 다시 연락해도 되겠다고 생각했다.

무지개폭포

　3학년이 되자 선생님들은 이제부터 대학입시가 시작되었다고 겁주었다. 선생님들은 비장한 표정을 지으며 말했지만, 대부분은 귓등으로 들었다. 외고나 과학고나 자사고를 준비하는 몇 명만 죄지은 것처럼 고개를 숙였다. 선생님들은 죄인이 돼버린 그 아이들부터 상담했다.
　태연한 척했지만 내게도 고등학교 진학은 피할 수 없는 또 다른 고민거리였다. 진로상담 수업이 시작되자 고민은 점점 더 커졌다. 요리나 미용 등으로 분명한 진로를 정한 아이들이 부러웠지만 그쪽으로는 마음이 끌리지 않았다. 가장 많은 아이들이 지원하는 일반계 고등학교에서 공부할 마음도 생기지 않았다.
　이런저런 생각이 들 때마다 산길을 걸었다. 들끓는 생각들을 누그러뜨리기에는 혼자 걷는 그 소슬한 시간이 마침맞았다. 겉돈다는 것을 알았지만 다른 방법을 찾을 수 없었다. 할머니, 삼촌과 맞잡은 팽팽한 삼각 줄다리기에 점점 흥미를 잃어가는 학교 공부까지. 생각은 서로 꼬리를 물고 뒤엉키기 일쑤였다. 빨래를 꺼내려고 세탁기를 열었다가 엉켜 있는 옷들이 내 마음 같다고 생각한 적도 있었다. 그런 생각에 빠지면 찌르듯이 명치가 아팠다. 그런데 신기하게도 산길을 걸으면 아픔이 덜했다.

무심코 지나다니던 산길에서 새로운 것들을 보기도 했다. 여태 아무렇지도 않던 것들이 갑자기 새로운 모습으로 눈 속으로 뛰어 들어왔다. 길가에 아무렇게나 놓인 돌멩이, 하필 길바닥에 뿌리를 내려 사람들에게 밟히는 키 작은 풀들, 심지어 죽은 나무껍질도 뚜렷한 제 모양을 드러내고 있었다. 그러다 문득 내 머릿속만 헝클어져 있다고 느끼면 목마른 것처럼 마음이 급해지기도 하고 종잡을 수 없는 행동을 하기도 했다.

하루는 가지 끝에 마른 잎을 달고 있는 상수리나무가 눈에 띄었다. 바싹 마른 잎은 떨어지지 않고 가지 끝에 붙어 새잎을 끌어내리려고 안간힘을 쓰고 있었다. 둥치는 마른 잎을 응원하듯 가지를 흔들어 숲을 가둔 공기를 간지럼 태웠다. 마른 잎이 새순을 당기는 힘이 팔뚝에 전해져 당기는 시늉을 내기도 했다. 길가에서 무더기로 싹을 내민 쑥을 한참 들여다보기도 했다. 손가락으로 집기만 해도 으깨지는 여린 싹이, 물음표 모양의 머리를 맞대고 흙을 한 줌이나 밀어 올려 볼록해진 곳이었다. 길 가장자리에서 아스팔트

틈새를 열고 고개를 내민 뾰족한 죽순도 보았다. 길을 가다가 갑자기 멈춰서서 한참이나 들여다보느라 다른 사람들이 쏘는 눈총을 받기도 했다.

아파트 입구 산길에서 싸리나무와 국수나무에 이름표가 바뀌어 달린 것을 보고 며칠 고민에 빠지기도 했다. 잎이 자라면서 생김새 차이가 분명해지자 이상한 마음이 자꾸 생겼다. 이름표를 바꾸어 단 뒤 구청에 알리고 싶은 마음이었다. 알리고 싶은 마음이 무엇인지 며칠 생각하기도 했다. 부끄러운 마음이 막아서면, 어느새 우쭐대는 마음이 슬슬 생겨났다. 며칠 동안 두 마음이 밀고 당겼다. 그러다 어느 날, 자려고 누웠다가 불쑥 일어나 구청 홈페이지에 사연과 사진을 올리고 말았다. 그런 뒤, 누구에게 마음을 들킨 것 같아서 후회하기도 했지만 지우지는 않았다. 산길 가장자리에 바늘 같은 애기나리 싹이 나오는 것을 보고 사람들이 밟지 못하도록 막대기로 금을 그어두기도 했다.

본 것은 사진을 찍어 파일로 정리했다. 주제별로 정리한 사진을 꺼내 보면 뜻밖에 등으로 느꼈던 떨림이 되살아나곤 했다. 사진 중에서 고른 것을 진이에게 보내기도 했다. 처음 보낸 사진은 얼레지였다. 비탈길 돌 틈에서 꽃을 피운 얼레지가 유난히 도드라져 보여 한참 바라보다 찍은 사진이었다. 그 뒤로 죽순과 애기나리 사진도 보냈다. 사진을 보내면 진이는 며칠 뒤에야 읽었다. 그래도 간단한 내용을 덧붙인 사진을 계속 보냈다. 한번은 답이 올 것이라 기대했지만, 여름이 다 되도록 답은 오지 않았다.

체육관을 그만두었다. 어느 날 문득 운동복 챙기기가 귀찮았다. 갈수록 심드렁해지던 참이었다. 주먹이나 발등을 통해 전해지던 느낌이 처음과 달랐다. 얼굴을 다쳐 코치 등에 업혀 가며 느꼈던 후련함이 다시 살아나지 않았다. 갈수록 거울에 비친 발길질이 허우적거리는 것 같았다. 코치가 말릴 때, 조금 흔들렸지만 마음을 바꾸지 못했다.

그러다 진이에게서 느닷없는 문자를 받았다. 여름방학 첫날이었다. 새벽에 나서 산길을 걷다가 느티나무 둥치에 붙은 말매미 껍질을 본 날이었다. 둥치 아래에 말매미가 뚫고 나온 구멍이 뚜렷하게 보였다. 구멍에 손가락을 넣어 깊이를 재어보았다. 검지의 끝이 바닥에 닿지 않았다. 그 깊이를 뚫고 나온 말매미를 생각하며 집으로 오던 길이었다. 문자는 놀랄 틈도 주지 않았다.

〈10시, 노포동 시외버스터미널 도착〉

놀라서 다시 보니 보낸 시각이 9시였다. 버스를 탄 뒤 문자를 보낸 것이었다. 허겁지겁 서둘러야 했다. 터미널에 도착하자 진이는 벌써 터미널 밖에 나와 이리저리 두리번거리고 있었다. 청바지 위에 입은 연노랑 반팔 티셔츠가 햇빛에 도드라졌다. 키가 쑥 컸지만, 단박에 알아볼 수 있었다. 내가 한 손을 들자, 진이도 한 손을 들며 알은척했다.

"무슨 일이야? 갑자기?"

진이가 가까이 다가오자 퉁명스러운 말이 불쑥 나가고 말았다.

"더워!"

진이는 손에 쥔 선풍기를 얼굴 가까이 대며 엉뚱한 대답을 했다. 진이가 한 말이 선풍기 바람에 부서졌다.

"무슨 일이야?"

다시 물었지만, 진이는 대답하지 않고 앞서서 걷기 시작했다. 어림잡아 이마가 어깨에 닿을 듯했다. 얼굴을 본 게 언젠지도 까마득한데, 앞서고 뒤따르는 것이 엊그제 만나고 또 만난 듯했다. 진이도 그런 듯 거침없이 말했다.

"여기에 계속 있을 거야? 덥고 시끄러운데."

버스 정류소 쪽으로 방향을 잡았다.

"무지개폭포에 가봤어? 갔다 오려면 서너 시간은 더 걸릴 텐데."

무지개폭포는 터미널로 오면서 혹시나 하고 검색한 곳이었다. 터미널에서 덕계행 버스를 타고 가다 덕계시장에서 마을버스로 바꾸어 타야 했다.

"무지개폭포? 내가 거기를 어떻게 가봤겠니?"

"하긴."

"거기 정말 무지개가 있어?"

"설마 이름만 그렇겠어?"

"너도 안 가 봤어?"

"응. 안 가봤어."

"왜? 학교도 빼먹고 산이나 강이나 막 다닌다며?"

"누가 그래?"

"아니, 뭐… 아님 말고!"

"무지개폭포는 안 가봤어. 다른 델 갈까?"

"아니, 처음이니까 가자!"

진이 말투에 둘이 처음 석대에 갔던 날이 퍼뜩 떠올랐다. 말 몇 마디에 그동안 흐른 시간과 어색했던 마음이 뭉텅 사라졌다.

덕계행 버스는 빈자리가 많았다. 뒤쪽으로 가서 나란히 앉았다. 버스는 차창을 모두 열고 산바람을 끌어들이며 시원하게 달렸다. 힐끗 진이 얼굴을 다시 봤다. 2년이 훨씬 넘었다고 생각했다. 눈이 마주치지는 않았지만 진이도 힐끗힐끗 나를 쳐다보는 것 같았다. 덕계시장에서 내렸다.

진이는 정류소 지붕 그늘에 서서 건너편 산을 멀겋게 바라보았다. 뭐라도 말을 붙여야 한다고 생각했지만 터미널에서 봤을 때와는 달리 할 말을 찾지 못했다. 우물쭈물하다가 시장 안으로 들어갔다. 포도와 생수, 콜라를 사서 나올 때까지 진이는 그러고 있었다. 사 온 것을 배낭에 챙겨 넣을 때 진이가 다가오며 말했다.

"그래도 제법이네. 이런 것도 챙길 줄 알고."

"아침에 산에 갔다가 문자 보고 갑자기 나오느라 아무 것도 챙겨오지 못했어. 이렇게 사람을 놀라게 하는 게 어딨냐?"

"그러니 누가 아침부터 산에 가래? 어서 버스나 타."

툭 쏘듯 말을 뱉은 진이도 제 말이 어처구니없는지 피식 웃고 말았다.

무지개폭포행 마을버스가 논 사잇길로 들어서자 차창으로 짙은 초록빛 논이 손에 잡힐 듯 획획 지나갔다. 앞자리에 앉은 진이는 가방에서 꺼낸 끈으로 바람에 날리는 머리카락을 한 묶음으로 묶었다. 나는 끈에서 빠진 머리카락 몇 올이 목을 간지럽히며 이리저리 날리는 것을 바라보았다.

마을버스에서 내리자 부서지는 햇빛에 눈이 부셨다. 진이가 선크림을 바르는 동안 이정표가 가리키는 대로 앞서 걸었다. 매표소를 지나자 풀벌레 소리가 왁자하게 쏟아졌다. 진이 옆으로 다가가서 생수 한 병을 내밀었다. 진이는 생수병만 받고 아무 말이 없었다. 저수지 둑을 오른쪽에 두고 울타리처럼 드러난 길로 들어섰다. 오르막길 위로 팔을 내민 돌밤나무 가지에 밤송이가 여럿 불거져 있었다. 모퉁이를 돌자 저수지가 나타났다. 산그늘이 담겨 시퍼런 물색이었다. 저수지 둑에 올라선 진이는 손수건으로 이마를 훔치더니 몸속 깊은 곳에 가라앉은 것을 뽑아 올리듯 길게 숨을 내뿜었다.

"휴!"

그러곤 몇 걸음을 더 걸어 무더기로 꽃이 달린 배롱나무 가지를 휘어잡고 코를 대며 물었다.

"이건 무슨 꽃이야?"

"배롱나무꽃!"

"뻥이지?"

진이는 눈과 코를 꽃에 두고 말했다.

"옛날부터 학교에 많이 심은 나무래."

"왜?"

"응?"

"왜 학교에 나무를 심어?"

심통을 부리려고 작정한 말투였다.

"꽃이 예쁘면 그냥 예쁘다고 말해."

"너나 묻는 말에 답해. 학교에 왜 나무를 심어?"

"정말 그게 궁금해?"

"이상하잖아? 학교마다 왜 나무를 심느냐고? 돌을 쌓거나 쇠로 만든 동상을 세워도 되잖아."

"뭐?"

무지개폭포 119

"거 봐. 너도 모르잖아. 너, 내가 모른다고 맘대로 말했지?"

"아냐. 우리 학교에도 이 나무가 있어."

"이 나무가 여기 있지, 왜 네 학교에 있어?"

시비를 걸려고 애를 쓰는 진이를 빤히 바라보았다. 무슨 마음을 숨기려고 이러나 싶었다. 한참 동안 말이 없던 진이가 목소리를 낮추며 물었다.

"그건 그렇다고 쳐. 나무 이름은 누구한테서 배웠어?"

"도감."

"도감도 보는 사람이니까 학교에 왜 나무를 심는지도 알겠네."

진이는 다시 심술을 부리기 시작했다. 이번에는 뭐라도 답을 해야 했다.

"음…. 나무는 한 곳에 서 있잖아! 우리도 가만히 서서 보면 잘 보이잖아. 마음을 세워서 잘 보고 배우라고…."

억지로 짜 맞추는 말이 삐걱거렸다. 그런데 또 어찌 생각하면 그럴듯하게 말이 되는 것도 같았다.

"뭐? …. 순 꼰대."

빤히 바라보며 뭔가 더할 말이 있는 듯한 표정으로 눈을 데굴거리던 진이는 시비 걸기를 포기한 듯 딴 곳을 바라보았다. 그러더니 다시는 열지 않을 것처럼 입을 꾹 다물어 버렸다. 진이를 앞질러 걸어갔다. 두어 걸음 떨어져 따라오던 진이는 점점 멀어졌다.

땀이 턱 가운데에 모여 뚝뚝 떨어졌다. 마침 아름드리 산벚나무 그늘이 보였다. 그늘에 서서 진이를 기다렸다. 다 가온 진이는 여전히 입술을 꾹 다물고 있었다. 먼저 말을 꺼내지 않으면 종일 입을 열지 않을 태세였다. 무슨 말이라도 이어야 했다.

"아까 그 나무는 백일홍이라고도 해. 왜 그런지 알아?"

진이는 못 들은 척 한참 동안 대답하지 않다가 연방 땀을 훔치는 나를 위해서 한마디쯤 던져주는 것처럼 말했다.

"빨개서!"

"그렇게 말하기 쉬운데, 아니야."

진이는 힐끗 나를 보더니 말을 이어주었다.

"그럼?"

"백 일 동안 꽃을 피워서 백일홍이래. 꽃이 피기 시작하면 여름, 지면 가을이래."

"그래?"

조금 흥미가 생긴 듯 뒤돌아서서 지나온 꽃을 보았다. 그러다 불쑥 말했다.

"근데…. 좀 그러네."

"뭐가?"

"언제 지는 줄 알고 피어 있으려면 꽃도 마음이 좀 그렇겠다."

"그냥 피겠지 뭐. 질 때 되면 지는 거고."

"그럼 사람은? 사람도 그냥 사는 거야?"

"뭐?"

"사람도 똑같잖아. 누구나 죽잖아. 그래도 그냥 사는 거야?"

"… 그렇겠지?"

"… 넌 다 알아서 좋겠다."

보조개가 오목하도록 입을 다물고 이야기를 끊어버린 진이는 천천히 표정을 바꾸며 걸어갔다. 박새 한 마리가 소나무 사이를 가르고 날아갔다. 오르막이 길게 이어졌다. 땀에 젖은 윗옷이 몸에 달라붙었다.

길 오른쪽에 흐르는 개울물은 바닥이 다 드러나 보이도록 맑았다. 바위 사이를 흘러내린 물은 소에 갇혔다가 양 갈래로 난 물길을 따라 흘러내렸다. 사람들이 소에서 물놀이하며 지른 왁자한 소리가 물소리와 섞였다. 앞서가던 진이가 소가 보이는 벤치에 앉았다. 옆에 앉아 배낭에서 포도 봉지를 꺼냈다. 꺼내자마자 진이가 포도 봉지를 빼앗았다. 주위를 둘러보더니 소보다 한참이나 위쪽으로 올라갔다. 바위를 건너뛰며 물빛을 잠시 노란색으로 바꾸기도 했다.

바위에 쪼그리고 앉아 포도를 씻는 진이를 바라보았다. 쪼그려 앉은 그림자가 노란 천이 되어 물속에서 흔들렸다. 바람이 불자 연두나 노랑, 초록색 수채물감이 뒤섞인 물결이 산을 타고 넘어갔다. 숨을 크게 들이마셨다. 바람 속에서 옅은 수박 냄새가 났다. 씻어 온 포도를 벤치에 놓고 앉으며 진이가 물었다.

"코는 괜찮아? 너 싸우는 거 배운다며?"

"다 나았어. 싸우는 거 배우는 게 아니고 그냥 운동하는 거야. 이젠 그만뒀지만."

진이가 먼저 말을 걸어왔다. 마음 한쪽이 훌쩍 가벼워져 가볍게 답했다. 그러자 진이가 고개를 옆으로 돌린 채 눈을 먼 데에 두고 말했다.

"근데 왜 그만뒀어?"

"설레지 않아서!"

"피, 얻어맞고 아파서 그만둔 거면서."

"맞고 병원에 업혀 갈 때가 젤 설렜어."

"뭐? 하여간 넌 이상해. 그나저나 우리 얼마 만에 만난 거야?"

"6학년 때, 서면 갔다 오고 난 뒤, 처음이야."

"그렇지? 너 키 많이 컸다."

"너도 그래."

"넌 아까 쉽게 알아봤어? 나는 딱 알겠던데. 멀리서 봐도 영감 티가 나더라고."

진이가 먼저 꺼낸 말이 점점 길어지고 있었다.

"그럼. 알아봤지."

"어땠어? 나 살쪘지?"

"살? 찐 게 이래? 그건 모르겠고, 눈이 부셨어."

"뭐야? 이 징그러운 드립은?"

"착각하지 마. 햇빛 때문이야. 네가 해를 등지고 왔잖아!"

"어쭈, 너 많이 늘었다. 더 영감이 됐어. 징그러워."

"근데, 정말 웬일이야? 이렇게 더운데. 무슨 일 있어?"

"그냥 왔어."

진이는 다시 입을 꾹 다물고 손수건으로 땀을 훔쳤다. 왼쪽 볼에 파인 보조개가 또렷했다. 벤치 뒤에 선 소나무 가지 사이로 파란 하늘이 나타났다. 그늘이 닿은 얼굴이 시원했다.

"산이 바다처럼 울렁거리는 것 같아."

먼 산을 둘러보며 말했지만 진이는 대꾸하지 않고 포도 알만 따먹었다. 개울물 위를 굴러온 바람이 여러 종류의 매미 소리와 뒤섞였다. 벤치에 볕이 들어왔다. 포도 껍질을 봉지에 담아 앞서 걸어갔다. 나무 그늘 사이로 볕이 들면 그림자가 발끝에 매달렸다. 그림자를 툭툭 차며 걸었다. 네댓 걸음 뒤따라오던 진이가 불쑥 물었다.

"넌 죽고 싶었던 적 있어?"

"뭐?"

"아냐!"

뾰족한 것이 가슴에 쿡 박히는 것 같았다. 진이는 뱉은 소리를 잡으려는지 갑자기 달리기 시작했다. 진이 등에서 통통 튀는 빨간색 가방을 멍하게 바라보았다. 진이가 달려간 길을 따라 천천히 걸었다. 넌 죽고 싶었던 적 있어? 진이가 흘리고 간 말이 소나무 가지 사이에서 자꾸 되살아났다. 이불을 뒤집어쓰고 울던 날이 생각나서 고개를 세게 흔들었다.

진이는 길이 양 갈래로 나누어지는 곳에 우두커니 서 있었다. 길은 개울을 따라가는 길과 맞은편 산으로 올라가는 길로 갈라져 있었다. 진이를 앞질러 개울 맞은편 산으로 올라가는 길로 들어갔다. 길은 능선을 오르내리며 저수지 쪽으로 흘러갔다. 길가에는 개암나무나 싸리나무가 키를 재며 울타리처럼 서 있었다. 두 사람이 나란히 걷기 알맞은 폭이었다.

나란히 걸었다. 발을 맞추며 새로운 이야기를 꺼내고 싶었지만, 이어갈 말을 찾을 수 없었다. 넌 죽고 싶었던 적 있어? 진이가 뱉은 말만 계속 떠올랐다. 속도를 내서 빨리 걸었다. 한참 걷다가 뒤돌아보았다. 멀리 보이는 진이는 어깨가 처져서 시든 잎을 단 나무 같았다. 그늘이 짙어진 탓만은 아니었다.

능선을 넘어 내리막이 시작되는 곳에서 봉지에 넣어 들고 온 포도 껍질을 땅에 묻었다. 다가온 진이가 뭐라고 말하려다 침을 삼키며 입술을 오므렸다. 진이를 감싼 공기가 벽처럼 느껴졌다. 어떤 말도 뚫고 들어가지 못할 것 같았다. 다시 몇 걸음 앞서 걸었다. 내리막길을 걸어 계곡 쪽으로 꺾어지는 곳에 두 사람이 앉아서 산 아래를 보기 알맞은 바위가 있었다. 콜라를 꺼내 놓고 기다렸다. 소에서 물놀이하는 사람들이 언뜻언뜻 보였다. 사람들은 물별을 가르며 점처럼 움직였다.

다가온 진이는 옆에 앉자마자 신음처럼 한마디를 툭 던졌다.

"어떻게 해야 할지 모르겠어!"

"엄마 때문이야?"

"흑!"

진이가 두 손으로 가린 얼굴을 무릎에 대고 훌쩍였다. 나는 갑자기 터진 울음에 어쩔 줄 모르고 우물거렸다. 산길에 아무도 다니지 않는 것이 다행이었다. 들썩거리는 진이 어깨를 곁눈질하며 길바닥에 붙은 질경이를 발끝으로 악착같이 파냈다. 한참 만에 고개를 든 진이가 울음기가 덜 가신 목소리로 말했다.

"다 엉망진창이야."

눈물을 매단 눈을 보자 아무 말도 할 수 없었다. 멀리 개울만 바라보았다. 풀벌레 소리가 왁자했다. 한참 만에 침 삼키는 소리가 나더니 진이가 말을 꺼냈다.

"너 류민 알지? 니네 학교 선배잖아."

정수에게서 들은 말이 떠올랐지만, 모른 척 말했다.

"작년에 자사고 갔다고 소문났어. 싸움도 공부도 잘해서 아이들 사이에서 유명했는데 나는 잘 몰라."

"나와 사촌이야. 이모 아들. 부산에 살 때 옆 동에 살았어."

"아!"

"더러워!"

진이는 입에 잘못 넣은 것을 뱉듯이 말하고 옆으로 돌아앉았다.

"뭐?"

"더러워! 변태 새끼야!"

"누가?"

"누구긴! 류민이지."

명치에 강한 주먹을 정통으로 맞은 것 같았다. 교문에 자사고에 입학한 플랜카드가 걸리고 선생님마다 자랑하던 류민 선배가 진이와 사촌이라는 것도 놀라운데, 변태라니.

"무슨 말이야? 왜 그래?"

"넌 몰라도 돼!"

그러고는 또 말이 없었다. 입을 다물고 고개를 숙인 옆모습을 보며 온갖 생각들이 뒤섞였지만, 더 물어볼 말을 찾지 못했다. 뭉개진 줄기에서 하얀 실 같은 걸 드러낸 질경

이만 계속해서 짓이겼다. 그새 바위로 볕이 번져왔다. 일어나 앞서 걸었다. 따라오는 진이는 발목에 무거운 것을 매단 듯 발걸음이 무거웠다. 진이가 하고 싶은 말은 류민의 이야기다! 그 이야기를 하려고 온 것이다. 무슨 일일까? 기다렸다가 미지근해진 콜라 뚜껑을 따서 진이에게 내밀었다.

 캔을 받아든 진이는 한 모금 마셨지만, 말이 없었다. 마주 보고 있기가 어색했다. 다시 앞서서 걸어갔다. 류민이 변태라고! 둘 사이에 무슨 일이 있었던 것일까? 정수가 한 말이 생각나고 서면이나 부산대 앞에서 본 어지러운 불빛들이 떠올랐다.

 그때 진이 쪽에서 "악!" 하는 소리가 났다. 뒤돌아서 달려가자 진이는 두 팔을 내저으며 어쩔 줄 몰라 하고 있었다.

 "무슨 일이야?"

 "벌이야! 벌이 왔어."

 진이는 등 뒤로 숨으며 숨넘어가는 소리를 했다. 따라온 꿀벌 두 마리를 팔을 휘저어 쫓아버렸다.

 "콜라 이리 줘!"

 진이가 건넨 캔을 들고 옆으로 가서 쏟아버렸다. 캔을 밟아 배낭에 넣는 모습을 바라보던 진이가 정신 나간 사람처럼 갑자기 잠깐 웃었다. 나는 배낭 지퍼를 잠그며 별일 아닌 것처럼 편편하게 말했다.

"꿀벌이 콜라 냄새를 맡고 왔어. 그래도 말벌이 아니라서 다행이야."

"뭐가 다행이야?"

"말벌은 위험해. 쏘이면 죽을 수도 있어."

"그러면 좋겠네 뭐."

"뭐?"

"아냐."

그러곤 또 한참 말이 없었다. 한 걸음 정도 앞서 걸었다. 내리막이 가팔라지기 시작했다. 길을 따라 억새 무더기가 곳곳에 있었다. 돌아서서 억새를 가리키며 말했다.

"이 풀은 손으로 잡으면 안 돼."

"왜?"

"잎이 손을 베어."

"알면서 왜 이리로 왔어?"

"일부러 이리로 온 게 아니야."

"그러면?"

"그냥 앞에 있는 길을 따라온 거야."

나란히 선 진이는 잠시 먼 데를 보다가 말했다.

"하긴! 앞길을 다 알고 가는 사람이 어딨겠어."

다시 앞으로 나서며 손을 뒤로 내밀고 말했다.

"잡아! 내리막이 가팔라."

진이가 내 손목을 잡았다. 손을 빼서 진이 손목을 잡았다. 감아쥐자, 손가락 끝이 마주 닿았다.

가파른 길이라 발을 끌며 걸었다. 골짜기로 방향을 틀 때 계단처럼 밟은 돌멩이가 삐끗 흔들렸다. 조심하라고 말하려는데 진이가 비틀거렸다. 흔들리던 돌멩이가 빠져버린 것이었다. 진이가 비틀거리자 잡은 손목이 빠졌다. 아차! 하며 뒤돌아서는 순간, 중심을 잡기 위해 오른손을 휘두르던 진이가 앞으로 쏠려왔다. 진이 얼굴이 가슴에 쿡 박혔다.

"아! 뭐야아!"

진이가 얼굴을 떼기까지의 순간들이 슬로모션처럼 사진으로 찍혔다. 가슴에 진이 얼굴이 쿡 닿았을 때 찰칵! 진이가 얼굴을 뗐을 때 휑한 느낌이 찰칵! 두 팔로 가슴을 밀어 얼굴을 뗀 진이가 고개를 숙인 채 말했다.

"배고파! 어서 가."

머리끈을 다시 묶은 진이가 앞질러 내려가기 시작했다. 멍하게 서 있다가 빨리 걸어 앞에 섰다. 진이가 몇 번 등을 짚었지만 뒤돌아보지 못했다. 젖은 옷에 진이 얼굴이 닿았다고 생각하자 뭔가 잘못을 저지른 것 같았다. 빨리 걸어 거리를 벌렸다.

칡덩굴이 둥치를 감은 미루나무 그늘에 서서 진이를 기다렸다. 진이는 손수건으로 땀을 찍어내며 말없이 지나갔다. 진이를 뒤따랐다. 묵힌 논에 무리 지어 핀 강아지풀 사이로 눅눅한 바람이 훅훅 끼쳐왔다.

점심때를 한참 넘긴 햇살은 바늘처럼 살갗을 찔렀다. 들판에서 불어오는 바람은 후텁지근해서 몇 걸음 걷지 않아 숨이 가빠졌다. 쫓기듯 마을버스 정류소에서 가까운 밀면집에 들어갔다. 홀 안에는 사람이 많았다. 마당 가장자리에 선 감나무 그늘에 놓인 탁자에 마주 앉았다. 비스듬히 돌아앉은 진이는 손수건으로 연신 이마를 찍어댔다.

"기다렸다가 안에 들어갈까? 덥지 않아?"

"그늘이잖아! 식당 안은 너무 비좁아."

홀 입구에 얼굴을 내민 종업원에게 콩국수와 밀면을 시켰다.

"콩국수가 뭐야, 영감 아니랄까 봐."

이죽거리는 진이 말이 반가웠다. 속으로 진이 마음을 살피는 사이에 진이는 울타리로 걸어가 꽃이 달린 덩굴을 꺾어왔다. 덩굴을 내밀며 진이가 물었다.

"이건 무슨 꽃이야? 도감도 보니까 이것도 알겠지?"

진이가 내민 덩굴에는, 꽃잎 끝에 진보라색을 묻힌 하얀 종 모양의 꽃이 조롱조롱 달려 있었다.

"잘 모르겠는데."

"왜 몰라? 너 도감 본다는 말, 다 뻥이지?"

진이는 탁자 위에 쥐고 있던 꽃을 내려놓고 피곤한 듯 턱을 괴었다. 전화기로 꽃을 비추어 보았다. 앱은 꽃 이름이 계요등이라고 알려주었다. 전화기를 돌려 진이 앞에 두었다. 전화기를 바라보던 진이가 갑자기 코를 킁킁대며 주위를 두리번거렸다.

"근데 가만, 이게 무슨 냄새야?"

"냄새? 무슨 냄새?"

아닌 게 아니라 희미한 지린내가 났다. 진이가 얼굴을 찡그리며 탁자 위에 놓인 꽃을 가리키며 물었다.

"설마! 여기서 이런 냄새가 나는 거야?"

진이는 믿지 못하겠다는 표정이었다. 꽃을 들어 코에 대보더니 눈을 크게 뜨고 얼른 탁자에 내려놓았다. 나도 코를 대보았다. 꽃에서 나는 냄새가 분명했다. 꽃을 들고 가서 울타리 너머로 던지고 왔다. 계요등을 더 검색하니 그런 냄새가 난다고 했다.

"생긴 것과 다르네."

"세상에 다 좋은 건 없지."

"다 좋은 게 왜 없어? 예쁜 거, 날씬한 거, 돈 많은 거, 공부 잘하는 거. 많기만 한데."

"그것도 다 좋은 게 아냐."

"또 영감 같은 소리. 겉 다르고 속 다른 게 누구 닮았네."

"뭐? 내가 왜?"

"누가 너랬니?"

"그럼 누구?"

"누구긴? 뺀질뺀질한 변태 말이지."

"함부로 말하지 마. 누구든 흠은 있어."

"너나 함부로 말하지 마. 아무것도 모르면서."

진이는 탁자에 얹은 손에 머리를 대고 엎드렸다. 머리카락이 쏟아지며 귀 뒤가 발갛게 드러났다. 수도꼭지로 가서 손수건을 빨아 왔다. 손수건을 접어 진이 손에 닿게 두었을 때, 종업원이 시킨 것을 들고 왔다. 그릇을 타고 흐르는 물방울을 바라보며 진이가 물었다. 눈이 붉어져 있었다.

"폭포는 왜 안 갔어?"

"아! 정말! 거기 가려고 여기 왔는데. 왜 안 갔지?"

"됐거든."

진이는 입을 삐쭉하며 젓가락질을 시작했다.

노포동 버스터미널로 돌아오는 버스에서는 나란히 앉았다. 진이는 앉자마자 등받이에 머리를 기대고 눈을 감았다. 버스는 얼마 달리지 못하고 멈추기를 반복했다. 얼마 지나지 않아 어깨에 진이 머리가 닿았다. 그새 잠이 든 듯했다. 어깨를 조금 내리자, 진이 머리가 어깨에 얹혔다. 노포동 터미널 앞에 와서야 어깨가 가벼워졌다.

30분 뒤에 떠나는 울산행 버스표를 뽑았다. 남은 시간을 보낼 생각으로 편의점에 들어갔다. 마침 구석에 빈 자리가 있었다. 주스에 꽂힌 빨대를 빙빙 돌리던 진이가 불쑥 말을 꺼냈다.

"폭포는 안 갔어도 됐어."

"미안해."

"아냐, 옷이 젖었으면 어쩔 뻔했어?"

"멀리서 보면 되는데. 무지개가 있었을지도 몰라. 무지개 본 적 있어?"

"됐어. 네 말처럼 우린 그냥 앞에 나 있는 길을 걸었을 뿐이야. 무지개가 있었다면 그건 우연이야."

아까 산에서 내가 했던 말을 그대로 따라 했지만, 비아냥대는 것 같지는 않았다.

"그렇겠지. 그러니까 너무 많이 생각하지 마. 참, 엄마는 어떻게 됐어?"

당장 류민의 이야기를 꺼내고 싶었지만, 마땅한 말을 찾지 못하고 에둘러 물었다.

"엄마?"

"응, 재혼하신댔잖아?"

"응. 근데, 새 아빠가 생기면 진짜 아빠는 어떻게 돼?"

"그건 진짜 아빠가 알아서 하시겠지. 그럴 수 있으니까 이혼했겠지."

"그렇지? 다 좋은 건 없으니까, 다 나쁜 것도 없을 거잖아."

쥐고 있던 것을 놓아버리듯 말을 마친 진이는 손등에

이마를 대고 엎드렸다. 밀면집에서처럼 머리카락이 쏟아져 손등을 덮었다. 주스 잔에 맺힌 물방울이 모여 아래로 미끄러지고 있었다. 컵을 옆으로 옮기려고 몸을 숙였을 때 희미한 소리가 들렸다. 고르지 않은 숨소리였다.

이쯤에서 류민 이야기를 꺼내야 하나? 고민했다. 진이가 찾아온 이유는 류민과 얽힌 이야기를 하러 온 것이 분명했다. 아무것도 모르고 헤어질 수는 없다고 생각했다. 숨소리가 고르게 들릴 때를 기다렸다가 말했다.

"그러니까, 류민 선배도 너무 나쁘게만 말하지 마!"

말이 떨어지자마자 진이 어깨가 움찔했다. 잠시 숨을 고른 진이가 고개를 들며 말했다.

"모르면서 함부로 말하지 마."

"그래도 변태라고 하면 안 돼."

"변태를 변태라고 하는데 왜 안 돼?"

"선배가 왜 변태야?"

"넌 몰라. 이건 엄마 문제와 달라. 흑!"

급히 입을 막았지만, 거칠어진 숨소리와 섞인 흐느낌이 손가락 사이를 빠져나왔다. 단호해진 말에 나는 아무 말도 할 수 없었다. 진이는 다시 엎드렸고 곧 등이 들썩거렸다. 무슨 말이라도 더 해야 한다고 생각했지만 머릿속은 회오리바람이 부는 듯 요란하기만 했다. 류민과 무슨 일이 있었던 것일까? 한참 시간이 흐른 뒤, 진이가 얼굴을 들었다.

"이제는 다 말할 거야."

손수건으로 눈가를 훔치며 선언하듯 말했다. 그러곤 얼굴을 가린 채 화장실로 달려갔다. 나는 주위를 둘러보았다. 이야기가 들릴 만한 곳에는 사람이 없었다. 한참 뒤에 다시 나타난 진이는 아무렇지 않은 척 말하려고 애썼지만, 발간 눈은 숨기지 못했다.

밤에 문자를 보냈다. 기다려야 한다고 생각했지만, 참을 수가 없었다. 무슨 일인지 정확하게 알고 싶다고. 알려주지 않으면 류민에게 직접 물어보겠다고 했다. 정말 그럴 수 있을 것 같았다. 문자를 보낸 뒤 한 시간쯤 지났을 때, 답이 왔다. 쏟아지듯 연이어 날아왔다.

진이가 부산에 전학 온 뒤 류민은 외할머니 집에 자주 찾아왔다. 공부를 봐주고, 친구 관계 상담도 해주겠다고 했다. 엄마가 부탁했다는 것은 뒤에 알았다.

진이가 처음 류민을 의심한 것은 6학년 초겨울 무렵이었다. 거실에서 담요를 덮고 나란히 앉아 텔레비전을 보는데 류민이 무릎을 만졌다. 손을 쳐내고 류민과 눈이 마주쳤다. 류민은 손을 잘못 뻗었다고 아무렇지 않게 말했다. 눈총을 쏘고 방에 들어가 버렸다. 외할머니는 오빠에게 쌀쌀맞게 대한다고 나무랐다. 그때부터 류민이 집에 오면 자리를 피해버렸다.

진이는 시간이 갈수록 류민이 불편했다. 마침 엄마도 새로운 남자와 본격적으로 만나기 시작한 때였다. 금요일 밤에 울산집에 가면, 엄마는 그 남자와 있었던 시시콜콜한 것까지 말했다. 엄마는 진이와 웅이가 그 사람에게 마음을 열도록 애를 썼다. 진이는 그런 엄마에게 류민이 한 일을 말하지 못했다. 건성으로 들어 넘길 것 같았다. 학교서나 집에서 더 외톨이가 되어 갔다. 혼자 방 안에 웅크리고 있을 때가 많았다.

엄마는 연말에 외할머니와 이모에게 만나는 남자를 소개했다. 그 자리에 진이는 가지 않았다. 그 남자를 마주 볼 마음이 생기지 않았다. 그 뒤로 매주 가던 울산집에도 한 달에 한 번꼴로만 갔다. 자기만 없어지면 모두 잘 살 것 같았다. 나에게도 연락할 마음이 사라졌다. 방에 웅크려 자주 울었다.

그러다 다시 일이 생긴 것은 중학교 1학년 여름, 어느 토요일 오후였다. 거실 소파에서 깜빡 잠이 들었다가 이상한 기분이 들어 눈을 떴을 때, 흐트러진 모습을 휴대폰 카메라로 찍던 류민과 눈이 딱 마주쳤다. 진이는 그대로 얼어붙어 버렸다. 정지된 사진 같은 모습을 외할머니가 보았고, 외할머니는 류민의 장난을 가볍게 나무랐다. 류민도 보란 듯 사진을 지우며 장난이라고 얼버무렸다.

류민과 어울리는 것을 더 삼갔다. 그러자 얼마 지나지

않아 엄마에게서 호통이 날아왔다. 일부러 시간을 내어주는 오빠 마음을 몰라주고 혼자 무슨 짓을 하고 다니냐고 다짜고짜 나무랐다. 진이는 엄마에게 아무것도 말하지 못했다. 엄마뿐 아니라 모든 식구가 류민이 하는 말이라면 무조건 믿는 것이 눈에 보였다. 진이가 무슨 말을 해도 믿지 않을 것 같았다.

엄마가 류민에게도 무슨 말을 한 모양이었다. 류민은 진이에게 얼버무리듯 사과했다. 여자 형제가 없어서 지켜야 할 것을 잘 몰랐다며 이해를 구했다. 그러면서 친구들을 소개해주겠다고 했다. 막막하게 외톨이로 지내던 진이는 마음을 바꾸었다. 류민을 믿어보기로 했다.

류민은 묻힌돌 회원들을 진이에게 소개했다. 친구도 있었고 선배도 있었다. 그들과 종종 어울렸고 서면과 부산대학교 앞에까지 가보기도 했다. 류민이 찍어 보내는 사진에 엄마는 만족했고 잔소리는 줄었다. 여러 명이 함께 어울릴 때, 류민은 돋보였다. 모두가 류민을 믿고 따랐다. 류민을 좋아한다고 진이에게 고백한 3학년 언니도 있었다. 진이도 류민에 대한 마음이 조금씩 달라졌다. 그러다 류민은 울산에 있는 기숙형 고등학교 입학했다. 진이 학교에까지 소문이 났다.

그러다 두 달쯤 뒤, 토요일이었다. 외할머니도 외출하고 없는 때였다. 샤워를 마치고 나오다 욕실 앞을 서성이던 류민과 딱 맞닥뜨렸다. 옷을 차려입지 못한 진이는 깜짝 놀라 욕실로 다시 들어가서 큰 소리로 대들었다. 울산에 있는 오빠가 나타날 줄은 상상하지 못한 일이었다. 류민은 오랜만에 만난 친구들과 농구를 하다 목이 말라 급히 들른 것이라며 오히려 더 큰 소리로 대꾸했다. 류민이 큰 소리를 내자 진이는 주눅이 들어 더 말하지 못했다.

그런데 얼마 지나지 않아 또 일이 벌어지고 말았다. 추석과 주말이 이어진 연휴가 닷새 동안 이어지던 날이었다. 외할머니는 절에 가고 진이 혼자 있을 때였다. 류민이 그걸 알고 왔다고 진이는 말했다. 그날은 몸살 기운이 있어 약을 먹고 아침부터 자리에 누워 있었다. 선잠이 들었는데, 현관문을 여는 소리가 들렸다. 외할머니라고 생각한 진이는 그대로 누워 있었다. 안방 문이 열리는 소리가 난 뒤, 조용해져서 다시 잠이 들었다. 잠결에 방문이 열리는 소리가 났지만, 꿈속인 줄 알았다. 감기약 탓인지 몸이 끝없이 가라앉았다. 그런데 느낌이 이상했다. 가슴이 답답하고 가위눌린 듯 숨이 제대로 쉬어지지 않았다. 버둥거리듯 팔을 저으며 눈을 떴더니 바로 눈앞에서 류민이 빤히 내려다보고 있었다. 류민의 날숨이 얼굴에 닿을 거리였다. 깜짝 놀라 발딱 일어서며 크게 소리치자 류민은 집 밖으로 뛰쳐나갔다.

저녁에 집에 온 외할머니에게 있었던 일을 말했지만, 외할머니의 반응은 싸늘했다. 류민이 선수를 친 듯했다.

"집에 다니러 온 오빠가 네가 아프다는 말을 듣고 일부러 왔다더라. 공부하느라 바쁜데 일부러 시간을 낸 거야. 고맙다고 해야지, 그게 뭔 일이라고 이 난리냐?"

말문이 막혀버렸다.

다음 날, 학교 마치고 해운대 동백섬 전망대에 갔다. 6학년 때 나와 함께 갔던 곳이었다. 전망대 바위 위에 섰을 때, 울렁거리는 바다가 잡아당기는 기운을 느꼈다. 다리가 떨리고 숨이 가빠져서 무작정 돌아서서 앞만 보고 걸었다. 그날, 진이는 거짓말로 둘러대고 친구네 집에서 잤다. 학교에서 유일하게 친하게 지내던, 할머니와 살던 친구였다. 그 집에서 친구에게 모든 것을 말하고 실컷 울었다.

외할머니에게서 집에 들어오지 않았다는 것을 들은 엄마에게 전화가 왔을 때, 진이는 울산으로 가겠다고 잘라 말했다. 놀란 엄마가 부랴부랴 부산에 와서 외할머니를 만났다. 진이도 그 자리에 있었지만, 류민 이야기는 꺼내지 않았다. 외할머니도 류민이 한 행동은 하나도 말하지 않았다. 울산으로 돌아가는 엄마에게 일주일 뒤에는 무조건 울산 집으로 가겠다고 말했다. 엄마가 답을 하지 않자, 다음 날부터 학교에 가지 않았다. 그다음 날부터는 아무것도 먹지도 않았다. 사흘을 버텨, 2학기 마치고 울산으로 전학하기로 허락을 받아냈다.

울산에서 이모가 내려오고 진이가 학교에 결석한다는

것을 알게 된 류민은 낌새를 눈치채고 자사고 공부가 어렵다며 온갖 투정을 부렸다. 그러자 식구들 관심은 류민에게 쏠려버렸다. 진이 엄마도 류민에게 맞는 학원을 알아본다며 여기저기 전화를 돌렸다. 완전한 외돌토리가 된 진이는 울산으로 전학하기까지 그 시간이 굴속 같았다.

울산으로 전학했지만 진이는 굴속에서 벗어나지 못했다. 엄마는 피아노학원 일이 바빴다. 입시생 레슨은 밤늦게 끝났고, 아침엔 진이보다 늦게 일어났다. 주말이면 그 남자를 만나러 나갔다. 혼자 있으면 류민이 내려다보던 느물거리는 눈빛과 볼에 닿았던 숨소리가 살아났다. 그럴 때면 온몸에 소름이 돋았다. 머릿속에 똬리를 튼 뱀이 틈만 나면 혀를 날름거리며 외할머니처럼 말했다.

'그게 무슨 큰일이라고 호들갑이야!'

'오빠는 언제나 우등생이야! 설마 나쁜 마음으로 그런 짓을 했겠니?'

'다 네가 조심성이 부족해서 생긴 일이야!'

3학년이 되었지만 진이는 학교 공부에 집중하지 못했다. 갈수록 류민이 같은 울산에 있다는 것이 견딜 수 없었다. 학교에서 류민이 다니는 학교 소식을 듣거나, 간혹 류민이 다니는 학교 교복을 입은 학생을 보는 것만으로도 숨이 막혔다. 이유도 없이 숨이 가빠지거나 머릿속이 텅 빈 것처럼 몽롱해지기도 했다. 머리가 깨어질 듯 아프고, 귀 안에서 웅성거리는 소리가 들릴 때가 많았다. 학교 보건실에서 두통약을 먹는 일이 잦았다. 보건 선생님이 엄마에게 전화해서 병원에서 정확한 진단을 받아보라고 말한 적도 있었다.

그러다 며칠 전, 외할머니 칠순 잔칫날 억지로 끌려간 뷔페에서 류민을 다시 만났다. 전학 오기 전 살던 아파트 옆에 있는 뷔페였다. 칠순 잔치에서도 당연한 듯 류민이 주인공이었다. 식구들은 경쟁하듯 류민을 칭찬했다. 진이는 류민을 쳐다볼 수 없었다. 눈이 마주치면 볼에 닿았던 숨과 내려보던 눈빛이 떠올랐다. 식구들에게 웃으며 번듯하게 답하는 류민을 보면 소리를 지르고 싶었다. 총이 있었으면 쏴버렸을 것이라고, 진이는 말했다.

진이는 슬쩍 빠져나와 혼자 울산으로 와버렸다. 방 안에 웅크려도 하하 호호 웃는 식구들과 눈을 맞추며 히죽히죽 웃는 류민이 사라지지 않았다. 혼자 죽어버리고 싶은 마음이 차올랐다. 늦게 집에 돌아온 엄마가 버릇없다며 나무랐다. 진이는 머리가 아파서 그랬다며 얼버무렸다. 그러다가 방학 첫날, 이른 아침에 불쑥 집을 나섰고 부산에 온다고 문자를 보낸 것이었다.

진이가 보낸 문자를 읽고 일어난 일을 순서대로 정리해

보았다. 내게 갑자기 말이 없어진 때부터, 졸업식 때의 마지막 문자, 그리고 졸업선물로 준 시계, 그 시계 안에서 갑갑하다는 외침이 들리는 것 같았다.

주먹이 꽉 쥐어졌다. 누구를 향한 주먹인지는 알 수 없었다. 아무런 말도 해주지 못한 나를 향한 것인지, 류민을 향한 것인지. 불쑥 류민에게 전화를 할까 생각하기도 했다. 다음 날, 동백섬 전망대에 가 진이처럼 서서 바다를 내려다보기도 했다.

그러고 며칠 뒤, 진이에게서 전화가 왔다.

"다 말했어!"

"…."

"집이 발칵 뒤집혔어. 엄마가 이모에게 전화로 따지고, 오빠와 이모가 급히 집에 오고…. 외할머니도 오고. 다 모인 자리에서 다 말했어. 한 번도 울지 않고 끝까지 말했어. 처음에는 다 지난 일이라고 내빼던 오빠도 울면서 잘못을 인정하고 사과했어. 외할머니와 엄마가 대판 싸우고, 나는 동생 데리고 나와버렸어. 엄마 학원에 있다가 엄마 전화 받고 집에 가니까 모두 다 돌아가고 결론이 나 있었어."

"…."

"치료받기로 했어."

"누가?"

"둘 다."

쥐고 있는 전화기가 뜨거워지는 것 같았다. 전화기를 식히듯 긴 숨을 뿜어낸 뒤 다시 물었다.

"넌 어때?"

"어떻게 되든 좋다고 각오하고 말했어. 산에서 돌아오는 길에 결심했어. 오빠도 나도 모른 척하고 이대로 넘어갈 수는 없다고 생각했어. 그리고 너, 고마워."

"내게 왜?"

"그냥. 그날 산에서 느낀 게 많아."

"너 다른 사람 같아. 병원에 다닐 수 있겠어?"

"갑자기 가슴이 두근거리고, 바보처럼 멍해지고, 다리가 떨리면서 주저앉고 싶은 건 빨리 치료받고 싶어. 억울하고 이상하지만."

"너 대단하다. 용감하고."

"뭐가?"

"마음이 어떻게 아픈지도 알고, 또 말할 수도 있고…."

"더 참을 수 없으니까."

"류민 선배도 순순히 병원에 다니겠대?"

"사실, 오빠는 오래전부터 병이 있었대. 나한테만 그런 게 아니었어. 어른들은 다 알고 있었어. 나만 모르고 있었어. 엄마가 내게 사과했어. 다 나은 줄 알았다고. 내게도 그랬을 줄은 꿈에도 몰랐다고. 화가 나서 실컷 울었어."

"뭐? 다른 사람에게도 그랬어? 그리고 병이 있었다니?"

"엄마한테서 다 들었어."

류민은 오래된 병을 앓고 있었다. 증상이 처음 발견된 것은 초등학교 4학년 때였다. 학교에서 화장실을 옮겨 다니며 변기 밖에 대변을 보다가 들킨 것이었다. 류민은 갑작스러운 배앓이 때문이라고 둘러댔다. 그 뒤에도 한 번 더 같은 일로 들켰지만, 누구도 류민을 의심하지 않았다. 영재반에서도 남다르다는 평가를 받는 류민에 대한 기대가 모든 것을 덮어버렸다.

잠잠하던 병이 다시 도진 것은 6학년 때였다. 다니던 영재학원에서 실시한 대학 체험 프로그램에 참여했을 때였다. 서울에 있는 몇 군데 대학교를 견학한 첫날 밤, 숙소 층간 비상계단에서 대변이 발견되었다. 아이들 짓이라 여긴 숙소 주인과, 그럴 리 없다는 인솔 선생님은 크게 다투었다. 그러나 대전과 포항의 대학을 둘러본 다음 날 새벽, 아이들이 자는 방 주위를 돌아보던 인솔 선생님은 계단에 쭈그려 앉은 류민을 보고 말았다.

학원 선생님으로부터 있었던 일을 듣고 펄쩍 뛰던 외할머니도 더 나빠지기 전에 치료받아야 한다는 선생님의 간곡한 말에 따를 수밖에 없었다. 할머니와 류민을 상담한 의사는 류민의 행동을 유분증이라고 진단했다. 류민이 한 행동은 마음에 쌓인 분노를 잘못된 방법으로 풀어낸 것이고,

그 원인은 어릴 때 아버지를 잃어버린 심리적 상처 때문일 가능성이 크다고 했다. 제대로 치료하지 않으면 앞으로 어떤 행동을 할지 모른다고 말했다. 의사가 내린 진단에 외할머니는 큰 충격을 받았다. 류민을 낳고 얼마 지나지 않아 이혼하고 직장에 다니며 혼자 아들을 키우던 딸을 대신해서 외할머니가 류민을 돌보았던 것이다. 꾸준히 치료해야 한다는 말을 받아들일 수밖에 없었다.

외할머니는 부랴부랴 이사부터 했다. 오래 함께 산 이웃이 많은 동네에서 손자가 정신병원에 다닌다는 사실이 알려지는 것을 받아들일 수 없었다. 외할아버지가 더 서둘렀다. 30년 넘게 살았던 해운대 집을 팔아 지금 사는 아파트를 사고, 바로 옆 동에 류민네를 살게 했다. 그 뒤, 대학병원 직원이던 이모는, 직업을 바꾸어 집에서 할 수 있는 일을 시작했다. 그러자 류민의 증상은 사라진 것처럼 보였다.

병원에 다닌 지 얼마 지나지 않아 식구들은 안심했다. 겉으로 보이는 반듯한 행동과 여전히 뛰어난 학업성적은 병이 완전히 나았음을 알리는 증거가 되기에 충분했다. 할머니와 이모는 병원에 세 번 다녀온 뒤 일방적으로 치료를 중단했다. 류민도 병 때문에 별다른 충격을 받지 않은 듯했다. 이사한 이듬해, 외항선 선장으로 일했던 외할아버지가 이유도 모른 채 갑자기 세상을 떠났을 때, 며칠 동안 말을 하지 않아 병원에 다녀온 것 빼고는 아무런 문제가 없었다. 중학교에 들어가서도 여전히 우수한 성적을 유지했고, 선생님들로부터 뛰어난 리더라는 평가를 받았다.

중학교 2학년 때에는 학교에서 놀라운 일을 하기도 했다. 묻힌돌이라는 동아리를 만든 것이었다. 부모님이나 선생님에게 말 못 할 고민을 학생들끼리 해결 방법을 찾아보는 동아리라고 했다. 또, 묻힌 재능을 스스로 발견하도록 서로 돕는 동아리라고 내세웠다. 선생님들은 학생이 생각하기 힘든 일을 했다며, 역시 류민이라고 칭찬했다. 3학년 때는 그 일로 표창장도 받았다.

그러나 류민이 졸업한 뒤에 밝혀진 묻힌돌은 알려진 것과 달랐다. 류민은 동아리 활동을 자기 마음대로 했다. 묻힌돌 회원 누구도, 류민이 하는 일을 반대하거나 밖으로 알리지 못했다. 진이가 몇 번이나 멈추었다가, 한숨 섞인 말로 알린 류민의 행동은 놀라웠다.

류민은 회원들에게 모든 비밀을 다 말하라고 부추겼다. 서로에게 알맞은 도움을 주기 위해서는 꼭 필요한 일이라고 했다. 회원이 비밀을 말하면, 류민은 문제가 될 만한 것을 골라 그것이 사실인지 확인했다. 비밀이 사실로 밝혀지면, 그것은 무기가 되었다. 류민은 그 무기를 이용하여 회원들을 완벽하게 굴복시키거나, 문제 삼지 않는 조건으로 아무도 모르게 돈을 요구했다. 사실을 확인하고, 약점을 잡아 다그치는 류민에게 누구도 대항할 수 없었다. 당한 아이 중에는 여학생도 있었다. 류민은 빼앗은 돈을 회원들에게 대장 노릇을 하는 데에 사용했다. 1, 2학년 중 몇을 꼬드겨서 적당한 권리를 주거나, 돈을 나누어 입막음했다. 여전히 우수한 성적을 받는 류민을 어느 선생님도 의심하지 않았다. 남의 이야기처럼 이야기를 이어가던 진이가 갑자기 폭발했다.

"미친 새끼! 위선자! 어떻게 그럴 수가 있어?"

"…."

제법 시간이 지난 뒤에야 겨우 숨을 골랐다.

"그걸 어떻게 지금까지 숨길 수 있어?"

"당한 애들이 오빠 앞에서는 꼼짝도 못 한 거지. 그만큼 철저하게 감시했고. 그러다 오빠가 고등학교를 울산으로 간 뒤, 누군가 당한 사실을 밴드에 올렸대. 그러자 너도나도 올렸고, 소문이 나고, 돈을 빼앗긴 아이 엄마 중 누군가가 이모에게 따졌대. 이모는 처음에는 절대로 아니라고 발뺌하다, 오빠에게 확인했고, 오빠는 결국 다 실토할 수밖에 없었대. 빼앗은 돈의 몇 배를 배상하고, 외할머니까지 나서서 피해자들 집을 일일이 찾아다니며 사정사정해서 학교 폭력 신고는 막았대. 막상 일이 크게 벌어지자 당한 아이들도 자기 비밀이 밝혀질까 두려워선지 그런 사실이 없다고 발뺌을 하고. 학교는 회원들을 모아 피해 사실을 확인하고 묻힌돌만 해체했을 뿐, 이미 고등학생이 돼버린 오빠에게는 어떤 벌도 내리지 않았대. 할머니는 식구들에게 철저히 입단속을 했고."

"완전히 소설이야! 현대판 엄석대잖아. 그런 게 어떻게 지금도 통하지?"

"그만큼 오빠가 철저했던 거라니까. 나도 잠시 어울렸지만, 회원 중 누구도 오빠를 의심하지 않았어. 내가 말하지 않았다면, 식구들은 모든 걸 영원히 숨겼을 거야."

"피해를 준 묻힌돌 회원들에게는 직접 용서를 빌었고?"

"오빠도 주말마다 피해를 준 학생들을 일일이 찾아가서 용서를 구했대. 아직도 그러고 있고."

"참 나, 믿을 수가 없네. 그래, 선배는 순순히 병원에 다니겠다고 약속했어?"

"그럼 어쩔 거야? 이제 나한테 한 짓까지 다 밝혀졌는데. 그 자리서 오빠가 고백했대, 아직 병이 다 나은 게 아니라고. 아직 악마가 마음속에 남아 있다고. 오빠가 무릎 꿇고 용서를 빌고, 할머니는 드러눕고, 이모도 울고불고…."

진이도 말을 맺지 못하고 한참 흐느꼈다. 머리에 센 주먹을 맞은 것처럼 어질어질했지만 한마디도 할 수 없었다.

그 뒤로는 주로 문자를 주고받았다. 흐느껴 울던 목소리가 떠올라 통화버튼을 누르지 못했다. 진이가 병원 다녀온 이야기를 하면 나는 산에서 찍은 사진과 힘내라는, 하나 마나 한 말을 몇 마디 보내곤 했다. 밝고 힘찬 모습을 찍어서 보내고 싶었으나 그게 맘대로 안 되었다. 보내고 나서 보면 하나같이 힘들게 사는 것들이었다.

  주고받는 문자로는 한결 가라앉은 것처럼 보였지만, 흐느끼던 진이를 떠올리면 마음속에 젖은 스펀지가 차곡차곡 쌓이는 것 같았다. 결국 진이에게 문자를 보내고 말았다. 산벚나무 Y자 가지 틈에 뿌리를 박은 소나무 사진을 보낸 다음 날이었다.

〈동해선 태화강역 10시 도착〉

곧장 답이 왔다.

〈뭐? 오늘?〉
〈원동역으로 가는 길〉
〈뭐?〉
〈누구는 안 그랬나? 아니 더했어 버스 탄 뒤에 문자 보냈으니까〉

  진이는 머리카락이 덜 마른 채였다. 흰색 운동복 바지에 빨간 후드티, 무지개폭포에 갈 때보다 야위어 보였다. 발갛게 상기된 얼굴로 가쁜 숨을 쉬며 다가왔다.

"이러기가 어딨어?"

"그냥 왔어."

진이가 앞서 몇 걸음 걷다가 물었다.

"여기 알고 있었어? 우리 집은 여기서 가까워. 걸어왔어."

"알고 있었지만 오는 건 처음이야!"

"처음 오는 데를 약속도 없이 와?"

"그게 뭐 어때서? 울산이 뭐 먼 도시야?"

진이는 타박하면서도 익숙한 듯 대나무숲 가운데로 난 길로 이끌었다. 어둑한 숲 사이로 햇살이 빗금으로 쏟아지고 있었다. 햇살에 놀란 대나무 줄기가 부수수 몸을 떨었다. 산비둘기 두 마리가 마른 댓잎을 헤집으며 고개를 주억거리고 있었다. 대숲 향기는 참나무나 소나무 향기보다 차분했다.

"여기 공기는 산속 공기보다 무거운 것 같아."

"그런 것도 느껴?"

"그냥 느낌적인 느낌이야."

"피이, 왕꼰대."

진이가 앞서 걸었다. 진이는 가끔 손을 뻗어 대나무를 잡고 흔들었다. 그늘이 부서지며 부서진 빛살이 쏟아져 들어왔다. 사진 찍는 사람들 때문에 길옆에 비켜선 진이 옆으로 가서 슬쩍 물었다.

"괜찮아?"

"뭐가?"

"아냐, 그냥."

"괜찮아."

대숲에서 빠져나오자, 억새가 양쪽에 울타리를 친 길이 이어졌다. 햇빛은 억새꽃을 모아쥐고 비질하듯 흔들어댔다. 억새 무더기를 마주 보는 느티나무 아래에 벤치가 있었다. 진이가 벤치에 먼저 앉았다. 억새잎이 사각거리는 소리가 유난히 크게 들렸다. 벤치에 등을 기대고 느티나무를 올려다보는 진이를 보며 물었다.

"고등학교는 정했어?"

"넌?"

"난 특성화고에 갈까 싶어."

"무슨 특성화고?"

"나무 공부하려고."

"나무 공부? 그런 데가 있어?"

"응, 농업계 특성화고야. 부산 아니고 좀 멀리."

"아! 그런 데도 있구나. 그럼 기숙사에서 생활해?"

"응."

"힘들지 않겠어?"

"아직 정한 건 아냐. 생각만 하고 있어."

"너, 공부하긴 싫어서지?"

"뭐, 아니진 않고. 넌?"

"나도 아직 잘 모르겠어. 피아노 할 수도."

"피아노? 그러면 예고?"

"그렇겠지? 엄마는 내가 알아서 하래."

진이는 말을 하면서 발로 땅바닥에 뭔가를 썼다가 지웠다. 무지개폭포 가던 산길에서 앉았던 바위를 생각했다. 나는 발끝으로 짓이기던 질경이 뿌리를 떠올렸다. 갑자기 웃음이 났다.

"풋!"

"뭐야? 왜 웃어?"

"그때, 산에 갔을 때, 벌이 생각나서."

"아. 맞아! 그때도 좀 심각할 때 벌이 나타났지."

"지금도 심각해?"

"아니, 그냥."

진이는 속마음을 들킨 것처럼 말을 얼버무렸다.

"너 살 빠졌어."

"하나도 안 빠졌어!"

"병원엔 다닐 만해?"

결국 묻고 말았다. 진이는 답하지 않고 고개를 숙였다. 기다리지 못하고 먼저 병원 이야기를 꺼낸 게 마음에 걸렸다. 그래도 묻지 않을 수 없다고 생각했다. 진이는 멀리 보이는 잔디밭을 바라보다 엉뚱한 말을 했다.

"저기 잔디밭에 보이는 새는 뭐야? 입이 앞뒤 양쪽에 다 있어."

"후투티."

"후투티? 외국 새야?"

"아니, 우는 소리가 그렇대."

"근데 왜 쟤는 부리가 양쪽에 있어?"

"그런 새가 어딨어? 한쪽은 깃이야."

"그래? 어느 쪽이 부리야?"

"응? 앞에 있는 게 부리겠지."

"어디가 앞인데?"

"눈이 있는 쪽?"

"아냐, 기울어진 쪽이 앞이야. 누구든 뒤로 기울이고 살 수는 없어."

"음, 그럴듯한데."

"나보다 모르면서. 이젠 까불지 마."

힐끗 보이는 표정이 밝았다. 보조개가 만든 그늘이 또렷했다. 다시 말을 꺼냈다.

"병원은 다닐 만해?"

"처음보다 좀 편해졌어. 의사 선생님이 편하게 느껴지는 건 처음이야. 선생님도 내가 잘한대."

"좋은 소식인데, 힘내!"

"상담 치료는 억지로 힘내면 안 돼. 그냥 편하게 하는 거래. 참, 너 배 안 고파?"

이야기를 더 하고 싶었지만 붙잡을 수는 없었다. 엉거주춤 따라 일어섰다. 진이가 피식 웃으며 상가 쪽으로 길을 잡았다.

"가자! 또 콩국수 먹을 거야?"

진이가 메뉴를 고를 동안 먼저 샌드위치라고 말했다. 진이는 김밥을 시키며 또 피식 웃었다. 음식을 기다리며 이번에는 먼저 계산하겠다고 생각했다. 아침에 차를 타고 오면서 단단히 마음먹은 것이었다. 여태 만날 때마다 대부분 진이가 계산한 것이 문득 떠오른 것이었다. 몇 번은 돈을 내려고 했지만, 그때마다 계산을 치른 뒤였다.

진이가 미룬 김밥 반 줄까지 깨끗하게 먹고 먼저 일어섰다. 계산대로 바삐 걸어가는 나를 보고 진이가 희미하게 웃었다. 계산하는 기분이 좋았다.

"제법인데."

"뭐가?"

"아냐, 그냥."

가로등 아래를 지날 때 진이 머리 옆으로 뭔가 툭 떨어졌다. 하마터면 머리에 맞을 뻔했다. 닭 다리뼈였다. 놀란 진이가 뒤돌아보며 두리번거렸다. 가로등을 올려다보았다. 역시나! 큰부리까마귀 몇 마리가 가로등 위에서 이쪽저쪽으로 자리를 바꾸고 있었다.

"저놈들 짓이야."

진이는 올려보더니 둥그런 눈을 뜨고 물었다.

"뭐야? 쟤들이 던진 거야? 공격한 거야? 왜?"

"아닐 거야."

"그러면?"

"뼈를 부수려고 떨어뜨렸을 거야. 그때 마침 우리가 지나간 거고."

"그래? 너, 내가 모른다고 또 아무렇게나 말하는 거 아냐?"

진이는 아까보다 더 큰 눈을 뜨고 놀란 척했다.

"큰부리까마귀야. 쟤네는 우리 아파트 음식물 쓰레기통 뚜껑도 열어!"

"그래? 쟤들 똑똑하네."

"먹고살려니 고생하는 거지."

"또, 또 꼰대 같은 소리한다."

"호호."

달라지지 않은 진이 이야기를 들으며 한결 마음이 가벼워졌다. 앞서 걸었다. 강기슭에 왜가리가 목을 뺀 채 먹이를 노리고 조형물처럼 서 있었다. 진이가 다가오며 물었다.

"또 뭘 보는 거야?"

"쉿! 쟤 좀 봐!"

"헉, 꼼짝하지도 않네."

"7분 동안 움직이지 않고 동상처럼 서 있는 애도 봤어."

"시간을 재어봤어?"

"신기하잖아."

"저런 게 왜 신기해?"

"응? 몰라, 내 눈에는 그래."

"넌 좀 많이 이상해. 이상한 새 이름도 알고, 이상한 것만 찾아다니고, 그게 이상한 건지도 모르고…."

결국 왜가리는 사냥에 실패했다. 날아올라 왝! 하고 큰 소리를 내며 날아갔다. 물끄러미 바라보던 진이가 말했다.

"우와! 목이 S다. 쟤도 먹고살려고 애쓴다."

"다 그렇지 뭐. 근데, 피아노는 뭘로 만들어?"

"응? 갑자기 피아노? 쇠나 나무나 여러 가지가 필요할 걸. 왜?"

"피아노에 나무도 들어가나 싶어서."

"넌 확실히 이상해. 이런 걸 묻는 사람은 처음 봐. 왜 하나 만들어 주려고?"

"아니, 소리를 만드는 곳이 나무인가 싶어서."

언젠가 피아노는 소리를 만드는 부분이 나무라고 짐작했다. 피아노의 낮은음이 길게 울릴 때, 등으로 느꼈던 굴참나무의 떨림이 떠올랐던 적이 있었다. 진이가 그런 음악을 연주하는 장면을 생각한 적도 있었다.

진이가 국화밭으로 팔을 끌었다. 등에와 꿀벌이 왱왱거

렸다. 옆에 나란히 서서 셀카를 찍더니 사진을 보고 고개를 갸웃거렸다. 그러더니 기어이 지나가는 사람에게 부탁하여, 둘이 나란히 선 사진을 얻었다.

갈대로 둘러싸인 연못가를 지날 때였다. 쉬익! 하는 소리가 나더니 그림자 같은 무더기가 한쪽으로 쏠려갔다. 진이가 내게 다가서며 물었다.

"뭐가 지나갔어?"

"새 떼야. 작은 새. 붉은머리오목눈이."

"몸은 작은데, 이름은 기네."

"듣고 보니 그러네."

"머리가 빨간색이야? 근데 왜 못 봤지?"

"빨간색은 아냐."

"근데 이름이 왜 그래?"

"글쎄, 듣고 보니 또 그러네. 이름이 왜 그렇지?"

"여튼, 툭하면 쫓겨 다니는 쟤들도 사느라 고생하네. 이건 갈대지?"

"응, 예쁘지?"

"아니, 어지러워. 너무 흔들려."

"흔들려야 안 부러진대."

"그래? ….."

진이가 무슨 말인가를 하려다가 입을 꾹 다물었다. 그러다 햇살을 쏟아내며 흔들리는 갈대를 한참 바라보다가 마주 보며 물었다.

"넌 왜 이상한 것에만 관심이 많아?"

"뭐가 이상해?"

"새나 나무. 또 갈대. 너처럼 이런 걸 보는 사람이 어딨냐?"

"누구에게나 다 보이잖아? 자세히 안 보려고 해서 그렇지."

"넌 왜 자세히 봐?"

"음, 언젠가 생각한 건데, 뭐든 자세히 보는 건 나와 비교한다는 말과 같은 말 같아."

"그래서, 새나 나무를 너랑 비교한다고?"

"못 할 건 뭐야? 다른 사람이랑 비교하는 것보다 쉬워. 쟤들은 숨기는 게 없어."

"뭐? 넌 정말, 확실히 이상한 애야!"

진이는 고개를 갸웃하더니 앞서 걸었다. 말투와 달리 일부러 내가 자신 있게 답할 수 있는 것만 골라서 물어봐 준다고 생각했다. 다시 대숲으로 들어섰다. 에어컨이 켜진 건물 안으로 들어선 것 같았다. 길가의 대나무 둥치에는 상처가 많았다. 쇠붙이로 긁어 쓴 글씨나 그림들이었다. 유독 ♡표시가 많았다. 진이가 몇 개를 소리 내어 읽더니 웃으며 말했다.

"여기는 전부 하트가 그려졌어. 재밌어!"

"너도 하나 써봐."

"어쩐 일이야? 나무랄 줄 알았더니."

"나무라긴! 내가 왜?"

"헐, 꼰대가 왜 그래? 꼰대라면 이래야지, 에헴, 대나무 껍질에 상처를 내면 대나무가 아파요. 추억은 일기장에나 남겨요."

"재밌는데 뭐. 대나무가 이 정도는 용서할 거야."

"웬일이래?"

"기억에 남은 건 다 상처 아냐? 난 그런 것 같은데."

"헉! 대왕꼰대다."

"쓴 사람 기분을 알겠어."

"그래서 너도 하나 쓰겠다고?"

"써볼까?"

"어쭈, 쓰려면 이렇게 써."

"어떻게?"

"중3 대왕꼰대가 여기 와서 갑자기 철들다!"

태화강역에 돌아왔을 때는 해가 제법 기울어 있었다. 진이가 자판기에서 얼음이 담긴 음료수 한 잔을 뽑아와 내밀며 말했다.

"와 줘서 고마워."

"뭐야! 아깐 나무라더니."

"그냥. 뭐 이것저것."

"음, 병원에 잘 다녀. 이 말 하려고 왔어."

"너, 나쁜 사람이구나. 병원에는 가지 말라고 해야 좋은 사람이지, 병원에 보내려는 사람은 나쁜 사람이야. 멀리까지 찾아와서 나를 병원에나 보내려고 하고."

"호호, 그거 말 되네."

기어이 승차장까지 따라 들어온 진이 때문에 첫 번째 열차를 그냥 보냈다. 의자에 나란히 앉아 찍은 사진을 보며 많이 웃었다. 두 번째 열차에 나를 밀어 넣고 진이는 돌아섰다. 열차가 출발한 뒤, 마음이 붕붕 떠다녔다. 진이가 한결 튼실해진 걸 확인한 것 같아 내 마음도 덩달아 편해졌다.

열차가 출발하고 얼마 지나지 않아 차창이 바다에 얹혔다. 바다는 은색 윤슬을 반짝이며 울렁거렸다. 윤슬이 울렁거리는 것을 따라 마음에 따뜻한 물이 번지는 것 같았다. 열차 창에 수평선이 연이어 그어졌다. 바다는 굽은 선을 그릴 때마다 오목한 곳에 마을을 하나씩 만들었다. 마을마다 앞으로 뻗은 방파제는 바다 쪽으로 흘러내리는 마을을 보듬으려고 산이 뻗은 굳센 팔 같았다.

길

과학고나 외고, 자사고를 지원하는 아이들부터 시작된 진학 상담은 일반계고 지원생들을 거쳐 특목고 지원생들이 마지막이었다. 일반계 학교를 희망하지 않는다고만 했을 뿐, 진이 말고는 아직 누구에게도 속마음을 밝힌 적은 없었다. 나무를 공부하고 싶은 마음은 있었지만 확신이 서지 않았다. 갈수록 답답하고 조급해졌다. 그런 날이면 등하굣길도 산길로 잡았다.

그러던 어느 날, 하굣길에 죽은 가지를 단 물오리나무가 눈에 들어왔다. 버섯이 붙은 죽은 가지를 손으로 잡아보았다. 속까지 굳어버린 느낌은 산 가지를 잡았을 때와는 분명히 달랐다. 가지를 쥐고 있다가 문득, 버섯은 나무가 하는 말이 아닐까? 나무는 가지에 버섯을 피워 아프다고 말하는 것은 아닐까? 하는 생각이 들었다. 머리 한쪽에 환한 불이 켜지는 것 같았다. 나무가 하는 말을 알아듣는다면! 그 느낌을 몇 번이나 곱씹어 보았다. 생각할수록 가슴이 뛰었다.

　식물 책이나 인터넷 사이트에서 '나무의 말'을 찾아보았다. 이미 여러 곳에서 '식물의 화학 언어', '서로 돕고 경쟁하는 식물들', '나무의 사회생활' 등의 말이 오가고 있었다. 새로운 세상을 만난 기분이었다.

　계획을 세워 차근차근 공부하고 싶었다. 찍어두었던 사진과 새로 공부한 내용을 정리해서 PPT로 저장하고, 파일 이름을 〈나무가 하는 말〉이라 정했다. 처음으로 스스로 마음을 내서 하는 공부였다. 누구에게도 보이지 않았지만, 자료가 쌓여갈수록 뿌듯한 마음도 커졌다. 공부는 상추 씨앗을 심어두고 싹이 나고 자라는 모습을 살피는 것과 같았다. 궁금한 것을 알고 나면 또 다른 궁금증이 생기는 것이 상추 줄기에 새잎이 나고 자라는 것 같았다. 이어지는 기다림이 신기했다.

　학기 중간에 시작된 동아리 활동은 뜻밖에 받은 선물 같았다. 이름만 보고 들어간 재배부였다. 정년퇴직을 앞둔 도덕 선생님이 담당 지도 선생님이었다. 모임 첫날, 선생님은 자발적으로 가입한 학생은 나뿐이라고 했다. 다른 부서에 들어가지 못하고 밀려서 온 아이들은 오자마자 엎드려 잠을 잤다. 나는 시간마다 재미있었다.

　정해진 동아리 시간 외에도 종종 선생님과 만났다. 학교에 있는 나무에 이름표를 달고, 옮겨 심고, 가지치기도 했다. 물음이 생길 때마다 그 자리서 답해주는 선생님과 보내는 시간은 재미있었다. 누가 나를 위해 일부러 만들어 준 것 같았다. 시간을 거듭할수록 마칠 때 아쉬움이 커졌다.

마지막 동아리 시간을 마친 주 토요일에는 선생님이 준비 중인 밀양에 있는 농장에 다녀오기도 했다. 선생님은 학교를 그만두면 농장에서 우리나라 고유종 식물들을 키울 것이라고 했다. 농장을 둘러본 뒤, 미리 준비해둔 듯 두꺼운 책을 여러 권 넣은 배낭을 내밀며 말했다.

"이건 자네가 갖고 가게. 자넨, 식물을 잘 배우겠어. 작은 것에도 예민하게 반응하는 감성을 가졌어. 나무가 세상에 내미는 것들은 모두 가늘고 약해. 새순이나 꽃이 그렇고, 보이지 않지만 뿌리도 그래. 자네 나이에는 그런 걸 허투루 보기 쉬운데 자넨 잘 찾아보더군. 그건, 말하자면, 식물이 세상에 건네는 말을 듣겠다는 거지. 자넨 그런 귀와 가슴을 가졌어. 잘 다듬어 가게. 좀 더 공부하면 자연히 알게 되겠지만, 식물이 이 세상의 주인이야. 식물은 주인답게 대단한 위엄을 갖고 있다네. 꺾이거나, 잘려도 또다시 부드럽고 여린 것을 내지. 결코, 더 단단한 것을 내거나 포기하지 않아. 고난에 흔들리지 않고 굳건히 본성을 지키는 모습은, 윤리적으로 말하면 성인의 모습이라 할 만하지. 자네는 나무처럼 살려고 노력하게."

처음 듣는 자네라는 말이 어색해서 눈 둘 곳을 찾지 못했지만, 마음은 뿌듯했다. 선생님이 식물이 세상에 건네는 말이라고 했을 때는 마음이 불끈 뭉쳐지는 느낌도 있었다. 그동안 만든 PPT 파일을 펼쳐놓고 자랑하고 싶었다. 시외버스터미널에서 선생님과 헤어져 버스를 타고 오는 내내 '나무처럼 살려고 노력하게'라는 말을 생각했다. 세상 모든 사람이 보내는 응원을 받은 듯 가슴이 뜨듯했다.

재배부 선생님 농장에 다녀온 뒤, 확실히 마음이 모이는 것을 느꼈다. 할머니도 내가 달라진 걸 눈치챈 모양이었다. 두꺼운 도감을 뒤적이거나 도감을 챙겨 산길로 들어가는 나를 보면 희미하게 웃었다. 대파 모종을 들고 옥상으로 가는 할머니를 따라나섰다. 눈이 마주친 할머니는 놀랄 만큼 환하게 웃었다.

"할머니, 화분 흙을 바꾸는 게 좋지 않을까요?"

"네가 그런 것도 아니?"

"분갈이하면 좋대요."

"학교에서 그런 것도 배우니? 갇힌 흙이니 갈아주면 좋지."

"제가 우리 학교 동아리 재배부 부장입니다. 히히."

언제 할머니와 데면데면했냐는 듯 마음에서 만들어진 말들이 까불까불 입을 열고 흘러나왔다.

"그래? 도시 학교에 그런 동아리도 있구나."

"누가 나를 위해 만들어준 것 같아요."

"흐흐, 살다 보면 그럴 때가 있지. 아마도 네가 준비하고 있었을 게다. 준비한 사람한텐 먼지바람도 쓰일 데가 있으니."

"아!"

"흙을 나르는 게 버거워서 미뤘는데 도와주겠니?"

"그럼요."

숲속을 파고드는 햇살이 눈부셨다. 참나무들이 모인 곳과 소나무 아래에서 판 흙을 섞었다. 겉흙을 쓸어 모아 깊이 판 흙과 섞기도 했다. 흙은 판 곳에 따라 색깔과 냄새가 달랐다. 성분도 다를 것이므로 식물을 키우는 힘도 서로 다를 것이었다. 할머니는 내가 하는 대로 바라보기만 했다. 오전 내내 옥상과 산을 오가며, 스무 개가 넘는 들통 크기 화분 흙을 새 흙으로 바꾸었다.

흙을 다 바꾸고 다시 모종을 옮겨 심고, 갓과 열무 등 몇 가지 씨앗도 뿌렸다. 처음부터 끝까지 내 생각대로 했다는 것이 뿌듯했다. 물을 길어주고 오자 할머니는 식탁에 삼겹살과 쌈채소를 차려놓고 있었다. 신발장에 있던 휴대용 가스버너를 꺼내 식탁에 놓았다.

"우리가 이리 마주 앉은 게 얼마냐? 한집에 살면서…. 끙! 내가 옹졸해서…."

"제가 죄송해요."

"아니다. 내 탓이다. 나이가 들면 염려가 계획을 앞서니까."

"할머니, 학교에서 애들이 나를 영감이라고 불러요."

"그래? 네가 올되긴 했지. 흐흐."

"아녜요. 요샌 마음이 하루에도 몇 번씩 요동쳐요."

"누구나 그렇지 뭐. 속 시끄럽지 않은 사람이 세상에 몇이나 있겠니?"

"어른이 돼도 그래요?"

"글쎄다. 나는 제대로 어른이 되어보지도 못하고 늙어버려서 잘 모르겠다."

"할머니가 왜요?"

"걱정만 하다가 세월을 다 보냈구나."

"할머니, 나무도 속으로 운대요."

"나무가 울어? 재미있구나."

"나무 우는 걸 등으로 들어본 적이 있어요."

"등으로 들어?"

"네. 분명히 들었어요."

"왜 하필 우는 소릴 듣니? 웃는 소리도 들어보지."

"앞으로 들어보려고요. 그래서 말인데요. 할머니, 나무 공부하는 고등학교에 가고 싶어요."

"나무 공부?"

"네, 나무가 하는 말을 알아듣고 싶어요."

"나무가 하는 말?"

"네, 이미 연구하는 사람들이 있어요."

"나무가 하는 말이 사람 귀에 들리면, 산도 사람 세상 못잖게 시끄럽겠구나."

"혹시, 학교 선생님이 전화할 수도 있어요. 고등학교 진학 때문에요. 그러면 의논했다고 해주세요."

"의논했으니 했다고 말해야지."

"고마워요."

"고맙긴 내가 고맙지. 그나저나 네가 나랑 정말 이런 의논도 하는구나. 요새 네가 부쩍 다른 사람이 된 것 같아."

"그래요?"

"여우가 둔갑을 하려면 바위 위에서 열두 바퀴를 구른다더니, 아닌 게 아니라 뭔 일이 있을 때마다 다른 사람이 되는구나. 이전에 친구를 때리고 그렇더니, 뭔 일이 있는 것 같으면, 그럴 때마다 다른 사람이 되는 것 같으니 말이다."

"그래요?"

"아침저녁으로 얼굴을 맞대는데 그걸 모르겠니? 듣고는 속아도, 보고는 쉬 안 속는단다."

"하긴, 좀 이상할 때가 있어요. 몸속에 누가 하나 더 사는 거 같아요. 걔가 자꾸 밖으로 나오려고 해요. 어떨 땐 누가 난지 헷갈려요."

"…."

잠시 말을 멈춘 할머니가 얼굴을 빤히 바라보더니 상추에 싼 고기를 내밀며 말했다.
　"네가 너무 많은 것을 담고 사니까 그걸 나누려고 하나가 더 생긴 모양이다."
　나도 상추쌈을 하나 싸서 내밀며 말했다.
　"할머니는 내 속에 든 게 보여요?"
　"사람이 눈에 보이는 모양만 보겠니?"
　할머니 얼굴에 희미한 웃음이 번지기 시작했다. 입꼬리가 살짝 들리며 콧등에 잔주름이 잡혔다. 마음 한쪽이 일렁거리기 시작했다. 아버지 이야기를 꺼내도 될까? 망설이는 사이, 연이어 밀려오는 일렁거림은 걷잡을 수 없이 커졌다. 마음을 다독거리며 할머니를 살폈다.
　할머니는 익은 고기를 내 쪽에 쌓고, 접은 휴지로 기름을 찍어내고 있었다. 일렁거리던 마음이 점점 힘을 냈다. 달리기 차례를 기다리며 출발선에 선 기분이었다. 그러다 어디선가 빽! 하고 출발신호가 울렸다.
　"할머니, 왜 아버지가 돌아가셨다고 했어요?"
　입에서 나간 말이 할머니 귓속에 들어가지 못하고 할머니와 나 사이에 멈춘 듯했다. 굳은 얼굴로 한동안 물끄러미 바라보던 할머니는 표정을 바꾸며 천장을 올려다보았다. 힘든 이야기를 시작할 때마다 보는 모습이었다. 나도 천천히 마음을 다잡았다. 이윽고 할머니는 고개를 숙이며 마른

침을 삼켰다.

"…이거 다 먹고, 치우고 이야기하자. 이제 더 미룰 수가 없겠구나."

할머니는 이번에는 뭔가를 끊어버리겠다는 듯 단호하게 말했다. 내가 몇 점 남은 고기를 먹는 동안 입을 꾹꾹 다물며 마음을 다지는 듯했다. 식탁을 정리한 뒤, 세수하고 방으로 들어가 거울을 보며 마음을 가다듬었다. 설거지하는 소리를 들으며 오래전부터 기다렸던 시간이라고, 이제 때가 온 거라고 마음을 다잡았다.

"들어오너라."

할머니는 방 가운데에 허리를 세우고 앉아 반쯤 눈을 감은 채 두 손을 아랫배에 모으고 있었다. 고기를 구워 내밀던 조금 전의 들뜬 모습과는 전혀 다른 모습이었다. 공기가 천천히 가라앉고 있었다. 맞은편에 앉았다. 할머니는 몸을 앞으로 숙이며 말을 시작했다.

"전에, 네 아비가 취해서 집에 온 날, 네가 방 안에서 듣고 있다는 걸 알고 있었다."

할머니는 자연스럽게 삼촌을 아버지라 불렀다. 처음이었지만 어색하지는 않았다. 할머니와 지낸 데면데면한 시간 속에서 삼촌은 아버지로 변한 것이었다.

"저도 할머니가 방에 들어오신 것 알아요."

"자는 것 같더니 자지 않았구나."

"어떻게 해야 할지 몰라서 자는 척했어요."

"그래. 그럴 만하지."

할머니는 입맛을 다시며 조금 더 다가앉았다.

"이제 숨기려고 해도 숨길 수가 없겠구나. 아범이 이 자리에 있으면 좋으련만."

멀리 떠날 차가 시동을 거는 것 같았다. 할머니는 나를 빤히 바라보며 말을 이었다.

"여태 널 속인 우리가 밉지 않니?"

할머니는 내 머릿속에 시커멓게 뭉쳐 두루뭉수리가 된 것을 보고 있는 것인가? 목젖이 울컥 올라왔지만, 어금니를 깨물었다. 내가 낯빛을 바꾸는 것을 본 할머니는 두 손바닥을 비비다, 방바닥을 쓸다가 무릎 위에 가지런히 얹었다. 그러곤 천천히 차를 출발시켰다.

"부자지간은 천륜인데, 그걸 어찌 끝까지 속일 수 있겠니? 네가 알아들을 수 있는 때가 되기를 기다렸다고 생각해주겠니?"

눈을 맞추는 것으로 답을 대신했다. 할머니는 오른손으로 왼손 손등을 천천히 쓰다듬었다. 마치 깊은 곳에 묻어두었던 기억의 실타래를 풀어내는 듯했다.

"내가 김씨 집안에 온 것부터 이야기해야겠는데, 들어보겠니?"

나는 앉음새를 고쳤다. 할머니가 운전하는 차가 드디어

출발했다. 곧 처음 보는 길이 열릴 것이었다.

할머니는 결혼하기 전까지 서울을 떠나 산 적이 없었다. 할머니는 중학교를 졸업하던 해에 갑자기 어머니를 잃었다. 병명은 급성 폐렴이었다. 감기인 줄 알고 있다가 변변히 치료도 해보지 못한 식구들은 자책하며 매일 울기만 했다. 보다 못해 맏딸인 할머니가 식구들을 산으로 이끌었다. 그렇게 할머니는 산과 친해졌다. 고등학교를 졸업하고 라디오 조립 공장에서 경리 일을 할 때는 틈만 나면 직장 동료들과 산을 찾았다. 할머니는 백 개의 산을 오른 뒤 결혼하겠다고 주변에 말하곤 했다. 그러다 당시 유행하던 펜팔로 군인인 할아버지와 연결되었다. 함께 산에 다니던 친구들과 장난삼아 한 펜팔이었다. 가장 늦게 답장을 받는 사람이 짜장면을 사는 벌칙이 걸려 있었다.

할머니는 첫 펜팔 상대인 할아버지에게서 답장을 받았다. 할아버지와 편지를 주고받으면서, 할아버지 고향이 지리산 아래 산청이라는 말에 이상하게 마음이 끌렸다고 했다. 지리산에 올랐을 때 본 웅장한 모습이 떠올랐던 것이다.

할머니는 할아버지가 제대한 뒤에도 편지를 주고받았다. 그러다가 친구들과 다시 지리산을 찾았고, 그때 시골에서 농사짓던 할아버지의 도움으로 싼 민박집을 구하기도 했다. 그때 얼굴을 처음 봤다고 했다.

"네 할아버지가 보내주는 지리산 사진을 보는 게 큰 낙이었다. 큰 산에서 사는 사람이 신기하고 부러웠어. 왜 그런지는 모르겠지만 산이 그렇게 좋았다."

할머니는 잠시 옛날 생각에 빠진 듯 창 쪽을 한참 동안 바라보았다. 배낭을 메고 산길을 오르는 할머니를 떠올려 보았다.

"짜장면은 할머니가 드셨겠네요?"

속도를 줄이고 숨을 고를 때라고 생각했다. 먼 길을 나선 참이었다.

"흐흐, 그럴 때가 있었다."

할머니는 잠시 이야기를 끊었다가 다시 이어갔다.

"그런데, 네 할아버지는 이상하리만치 서둘렀어. 연락도 없이 불쑥 서울에 왔다고 집이나 회사로 전화를 걸어 곤란한 적도 여러 번 있었지. 나는 그때까지도 결혼할 생각이 없었고, 집에도 여자 손이 필요했거든."

"할아버지가 할머니를 많이 좋아하셨나 봐요."

"내가 큰 산에서 사는 사람에 대한 신비감이 컸던가 봐. 몇 년 지나지 않아 그런 할아버지의 행동이 점점 산 사나이답다고 느껴졌으니까. 산골로 시집간다고 반대가 심했지만, 네 할아버지와 결혼하기로 결심했어."

결혼한 뒤, 할머니는 틈만 나면 할아버지와 함께 지리

산 곳곳을 찾아다녔다. 아버지가 태어난 뒤에도 산을 찾는 일은 계속되었다. 어린 아버지와 철마다 꽃이나 나무를 찾아 지리산 이곳저곳을 다닐 때는 오랜 꿈을 이룬 것 같았다.

그러나 할머니는 할아버지가 숨긴 속마음까지 다 알지 못했다. 할아버지는 증조할아버지가 돌아가시자 늦었다는 듯이 도시를 들락거리기 시작했다. 이웃에 살던 사람들이 경쟁하듯 도시로 나간 뒤였다.

당시 할아버지 살림은 토지가 적지 않아 농사만 지어도 그리 가난한 형편은 아니었다. 할머니는 아이들과 살아가기에 충분하다고 할아버지를 설득했지만 할아버지는 생각이 달랐다. 아이 교육을 핑계 대며 설치는 할아버지 고집을 할머니는 꺾을 수가 없었다.

할아버지는 진주나 마산, 부산까지 들락거렸다. 할머니는 서두르는 할아버지가 불안했지만, 할아버지는 막무가내였다. 오히려 먼저 떠난 사람들에게 뒤처졌다고 안달복달 조바심을 냈다. 아버지가 학교에 들어갈 나이가 되자 할아버지는 드디어 이사를 결정했다. 농토를 팔아 부산에 있는 신발공장을 계약해버린 것이었다.

할머니가 물을 마시는 틈에 잠시 브레이크를 걸었다. 속도를 늦춰야 한다고 생각했다.

"학교에서 배웠어요. 공업화로 농촌 인구가 도시로 몰

려들었다고."

"그래, 그럴 때였다."

"할머니 말고 누구 말리는 친척은 없었어요?"

할머니는 목이 마른 듯 혀로 입술을 적셨다. 그런 뒤 푹 한숨을 내쉬며 말했다.

"그때 척진 시동생과 시누이는 지금도 연락이 닿지 않아. 산청에 살 때는 정이 도탑고 살갑게 기댔는데, 이제 완전히 남남이 돼버렸다. 네게 종조부 한 분, 대고모 한 분이 아직 살아 계신단다. 장남이라고 물려받은 농토를 의논도 하지 않고 얼추 다 처분했으니, 우리가 무슨 할 말이 있겠니?"

할아버지가 식구들을 이끌고 자리를 잡은 곳은 부산 사상공단이었다. 말은 신발공장이라고 했지만, 다른 공장에서 만든 신발 밑창에 옆 조각을 붙이는 가내수공업이었다. 산청에 살던 집 헛간만 한 터에 사무실도 따로 없이, 재봉틀 같은 기계만 다섯 대가 놓인 지하실이었다. 살림은 공장 일 층에서 살았다.

본드 냄새에 숨이 막혔지만, 할머니는 아버지 학교 뒷바라지와 공장 일을 돕느라 힘들다는 소리 한 번 내지 못했다. 인부들 점심밥과 하루 새참 두 번, 일이 많을 때는 밤참도 준비해야 했다. 그래도 다행히 직원들이 돌아가며 야근을 해야 할 만큼 일감이 많았다.

그렇게 몇 해가 지나자 자동차를 사고 아파트로 이사도 했다. 공장도 넓혀 지상으로 옮겼고 경리사원도 뽑았다. 비로소 공장 일에서 벗어난 할머니는 기다렸다는 듯, 틈만 나면 부산 근방에 있는 산을 찾아다니며 숨겨왔던 마음을 달랬다. 그러나 그 시간은 오래가지 못했다.

갑자기 일감이 줄어들기 시작했다. 할아버지는 사업을 하다 보면 있을 수 있는 일이라며 대수롭지 않게 말했다. 그러나 공장 사정은 회복되지 않고 점점 더 나빠졌다. 새로 사들인 기계를 팔고, 나중엔 아파트를 팔고, 전셋집을 구해 이사했지만 속수무책이었다. IMF 사태가 터진 것이었다.

몇 년을 버티다 마지막 발악처럼, 중국으로 공장을 옮기려던 일도 어긋나버렸다. 중국에 공장 지을 땅을 보러 갔던, 처음부터 할아버지와 함께 일했던 김 부장이라 불렸던 사람이 마음을 바꾸어 몸을 숨겨버린 것이었다. 마지막 희망이 사라진 할아버지는 그 사실을 알고 쓰러져 병원에 실려 가기도 했다.

쩔쩔매던 할아버지는 결국, 야반도주하듯 반송이라는 동네로 숨어들었다. 새로운 세기가 열린다고 온 세상이 들썩일 때, 할아버지는 도망치듯 몸을 숨긴 것이었다. 그러나 그것도 잠시, 빚쟁이가 반송까지 찾아오자 할아버지는 온다간다 말도 없이 어디론가 사라졌다.

할머니는 할아버지가 집을 나갔다고 말한 뒤, 한참 동

안 말을 잇지 못했다. 그러나 할머니가 가야 할 길은 아직 많이 남아 있었다. 흩어진 숨을 따라 공중을 떠돌던 할머니의 우묵한 눈길이 가라앉기를 기다렸다.

"아, 반송 집, 생각나요. 골목길로 한참 들어갔어요. 고양이도 있었고."

반송에서 살던 집을 떠올리면 가장 먼저 떠오르는 것이 어둠이었다. 버스가 다니던 길에서 골목길로 들어서서 열 걸음쯤 걷다가 다시 왼쪽으로 돌면, 어른 두 사람이 나란히 걸을 때 어깨가 닿는 골목이 이어졌다. 그 골목으로 들어가서 세 번째 집, 까만 대문집이었다. 거기서는 맑은 날에도 옷이나 얼굴이 흑백으로 보였다.

"네가? 네가 기억한다면, 그 집은 반송에서 두 번째 집이다. 살림살이도 다 버리고 쫓기듯 와서 처음에 살았던 집은…."

할머니는 말을 잇지 못하고 거푸 한숨만 토했다. 컴컴한 골목에서 오래 기다릴 수는 없었다. 빨리 벗어날 질문을 찾았다.

"할아버지는 어디로 갔을까요?"

"미안하다고, 아이를 잘 부탁한다고, 쪽지 한 장 달랑 남겼더구나. 반송으로 와서 3년 정도 동분서주 발악을 하며 지난 때였다. 어디로 간다는 일언반구도 없이. 그날 뒤로 한 번도 푹 잔 적이 없다. 바스락거리기만 해도 잠이 깨는, 개잠이 버릇돼버렸다."

할머니는 또 한동안 입을 다물고 눈을 감았다. 할아버지가 남긴 그 쪽지를 다시 읽는 듯했다. 할머니 숨결이 가라앉기를 기다렸다가 말했다.

"에구, 할아버지가 너무 하셨네."

할머니는 손수건을 꺼내 눈가를 찍어냈다. 냉장고에서 물을 가져와 할머니 앞에 내밀었다.

"참으로 기가 막히더구나."

할머니는 물을 몇 모금 마신 뒤, 말을 이었다.

"정신을 차려보니, 중학생이 된 아범과 나, 덜렁 둘만 세상에 남았더라. 부랴부랴 일자리를 구할 수밖에 없었다. 먹고살아야 했으니까. 식당에 다녔다. 여름을 보내고 나니 장롱 바닥과 뒤판이 곰팡이에 다 상했더라. 버리고 비닐 옷장을 넣었다. 세간살이를 다 버릴 때 기를 쓰고 챙겨왔던, 아범 열 살 생일 선물로 가구점에 주문해서 만든 책상도 틀어져서 버렸다. 드나드는 곳 말고 열린 곳이라곤 손거울만 한 창 하나가 전부였으니, 나무로 만든 것들은 여름 한 철도 견디지 못하더구나. 그 방에서 공부하던 아범을 보면 기가 차서…."

할머니는 말을 맺지 못했지만, 나는 아버지 이야기가 나오자 마음이 울렁거리기 시작했다.

"그때의 일을 어찌 다 말로 하겠니? 그 와중에도 아범은 공부를 곧잘 했다. 학교에 찾아가지도 못했지만, 말썽도 한 번 없었고."

아! 처음 듣는 아버지 소식이었다. 교실 의자에 앉아 공부하는 아버지를 떠올렸다.

"아범을 보며 힘을 냈다. 일하던 식당에서 도와줘서, 방을 옮기고 시장통에 조그만 국숫집을 열었다. 휴!"

옮긴 집은 더 굴속 같았고, 국숫집엔 식탁이 네 개였다고 말한 뒤, 할머니는 또 한동안 말을 잇지 못했다. 그새 할머니의 눈은 더 우묵해져 있었다. 나는 오르막을 앞두고 숨을 고른다고 생각했다.

"국숫집은 나도 알아요. 서울잔치국수. 거기서 학습지 하던 게 기억나요."

"그럴 게다. 네가 있을 데가 거기밖엔 없었으니. 사정을 아는 시장 사람들이 품 팔아주듯 국수를 팔아주었다. 없는 사람들이 없는 사람 사정을 아는 법이지."

"네, 어떤 할아버지가 돈을 주기도 했어요."

"그래, 네가 사 온 하드를 먹었던 일이 있었지."

아! 할머니도 기억하고 있었구나. 할머니는 짧게 입맛을 다신 뒤, 말을 이었다.

"6학년 때, 네가 친구를 때리고 집에 와서 방문을 닫았을 때, 사정을 알고 난 뒤, 내 마음이 어땠는지 아니?"

갑작스럽게 훅 당겨온 기억. 방에까지 들리던 울음소리.

선생님과 주고받던 바삭 마른 목소리, 울면서 용서를 빌던 할머니 목소리가 귀에 왱왱거렸다. 마른침을 눌러 삼켜 귓속을 잠재웠다.

공장이 어려워져서 할아버지가 집에 들어오지 않는 날이면 아버지는 밤새워 할아버지를 기다리며 눈물지었다. 반송으로 쫓기듯 이사한 뒤에는, 종점 버스정류장에서 막차까지 기다리는 날이 많았다. 그랬던 아버지는, 할아버지가 말없이 집을 나가버리자 걷잡을 수 없이 무너졌다.

"네 할아버지가 사라진 뒤, 아범은 다른 사람이 돼버리더구나. 그렇게 살갑던 아이가 어느 날부터 말 한마디 없고…. 집에서는 밤이고 낮이고 방문을 닫아걸고 나오지 않았다. 피하기만 하는 눈빛엔 늘 가시가 있었다. 죄지은 부모라 말 한마디 못 하고 애만 태웠다. 월드컵을 한다고 온 세상이 들썩거릴 때에도, 우리 집만 물에 잠긴 것처럼 조용했다."

할머니는 갑자기 가파른 지름길로 오르기를 작정한 듯했다. 말이 빨라지고 말끝이 떨리기 시작했다.

"네가 방에 들어가 나오지 않을 때, 속에 든 말을 다 못 하고 방에 틀어박히는 것도 대물림인가 싶어서, 그런 병을 대를 이어 물려준 것 같아서, 그때나 지금이나 해줄 수 있는 게 아무것도 없어서…."

할머니는 꼭대기 근방까지 단숨에 올라가서 급한 숨을 나누어 밀어내며 꺽꺽댔다. 기다릴 수밖에 없었다. 몸을 돌려 앉으며 어금니를 깨물었다. 할머니는 컥컥 몇 번 목을 다듬은 뒤 다시 말을 이었다. 한결 낮아진 목소리였다.

"네가 방에서 나올 때 다른 사람이 된 것처럼, 네 아비도 다른 사람이 되었더구나. 너와 모양은 달랐지만."

방에서 나온 고등학생 아버지는 어디로 날아갈지 모르는 불덩이였다. 결석이 잦았고, 집에 들어오지 않는 날도 많았다. 용돈이 떨어지면 집이든 국숫집이든 불쑥불쑥 나타났다. 할머니는 손에 잡히는 대로 내어줄 수밖에 없었다. 갈수록 낯선 사람이 되어 가는 아버지를 똑바로 바라보지도 못했다. 들솟아 흔들리는 어깨와 불이 붙어 치뜬 눈을 마주 볼 수 없었다.

"그래도 오토바이를 탈 줄은 몰랐어."

오토바이를 말하며 할머니는 표가 나게 흔들렸다. 나도 덩달아 숨이 달떴다. 귀에서 오토바이 쇳소리가 들렸다.

"아버지가 오토바이를요?"

"어디서 구했는지 타고 나타났더구나. 쇠 자르는 소리를 내며 내달리는 아범을 보면 말리지도 못하고 피가 졸아들더구나."

"아!"

"결국, 새벽에, 경찰서에서 걸려 온 전화를 받고 병원 응

급실로 달려갔더니, 온몸이 꼼짝 못 하게 묶여 있더구나. 길가에 세워둔 트럭 뒤를 박고 나뒹굴었다더라. 두 다리와 양쪽 어깨, 갈비뼈 여러 개가 부러져서 수술하고. 허리나 머리를 크게 다치지 않은 것이 천운이라는 의사 말이 귀 밖에서 왱왱 돌더라."

할머니는 눈을 감은 채, 다 놓아버린 듯 입을 닫았다.

다시 컵에 물을 채웠다. 할머니 앞에 한 잔을 밀어두고 나도 마셨다. 방에 가득 찬 흙탕물이 가라앉기를 기다렸다.

할머니는 물을 마신 뒤, 볼우물이 생기도록 몇 번이나 입을 다물었다. 남은 이야기를 마저 하기 위해 안간힘을 쓰는 것 같았다. 다시 낮아진 목소리.

"아범은 석 달 동안 병원에 누워 있었다. 졸업이 한 달도 남지 않았는데, 퇴학을 시키더구나. 졸업장이라도 달라고, 처음으로 학교에 가서 빌었지만 소용없었다. 그렇게 학교는 끝이 났다."

할머니는 뜨거운 덩어리를 토하고 천천히 남은 물을 마셨다. 나는 머릿속이 하얘져서 무슨 말도 할 수가 없었다. 오토바이와 함께 나뒹굴어진 아버지의 모습이 희미하게 떠올랐을 때쯤 할머니는 말을 이었다.

사고를 수습하기 위해 친정에 손을 내밀 수밖에 없었다. 병원비와 훔친 오토바이 값을 치르기 위해서는 어쩔 수가 없었다. 할머니는 결혼할 때부터 소원해진 친정에 손을 내밀 때를 말하며 또 한동안 말을 잇지 못했다.

"그때 친정아버지가 암을 앓고 있었다는 걸 알았다. 일찍 혼자 되셔서 남매를 키우느라 생고생을 하셨는데. 흠, 내가 사는 꼴을 듣고 그리됐다는 동생의 원망에 억장이 무너져서…."

결국, 할머니는 돌아앉아 한참 울먹거렸다.

나는 우는 소리를 들으며 마음을 다잡기 위해 애를 썼다. 아버지가 오토바이를 타기 시작했다는 고3 때부터, '나는 언제 태어나는가?'에만 집중했다. 그러려면 먼저 엄마가 나타나야 했다. 엄마는 언제 나타날까? 할머니는 손수건을 세탁기에 던져두고 멀건 표정으로 다시 마주 앉았다. 이야기를 건너뛰어야 할 때라고 생각했다.

"그러면 저는…."

말을 꺼내다 할머니와 눈이 마주쳤다. 할머니는 멈칫했지만, 예상한 듯 그리 놀라지는 않았다.

"병원에서 나온 아범이 다시 방에 들앉고 얼마 지나지 않아서… 음… 그 애가, 지 엄니를 앞세우고 찾아왔더구나. 그때 몸에 표가 났다."

겨우 말을 마친 할머니는 연이어 마른 입술을 핥았다.

아! 속으로 뭔가가 툭 떨어졌지만, 말로는 만들어지지 않았다. 할머니 말 중 '그 애'는 엄마였고, 몸에 난 '표'가 나였다. 머릿속이 헝클어지기 시작했다. 눈을 둘 곳이 없었다. 방문과 방바닥과 천장을 번갈아 보는 나를 보고 할머니가 닫힌 입을 힘겹게 열었다.

"걔 엄니가, 방에서 나온 아범과, 사는 집을 휘휘 둘러보더니, 그 애 손을 끌고 말없이 돌아서서 가더구나. 나는 뜨거운 물을 뒤집어쓴 것 같고, 옆에 벼락이 떨어진 듯도 해서, 아무것도 보이지도 들리지도 않았다. 아범은 그 자리에 풀썩 주저앉았고."

할머니를 더 바라보지 못했다. 바닥을 짚은 손이 떨리기 시작했다.

"그러고 간 뒤, 아범은 혼이 빠진 것처럼 밤만 되면 허우적허우적 골목길을 휘젓고 다녔다. 둘 다 마주 보지도 못하고 서로 눈치만 보고 살았다. 그렇게 또 몇 달이 지난 어느 날, 그 애가 다시 왔더구나. 지난번처럼 제 엄니를 앞에 세우고. 강보에 싼 너를 안고."

"아!"

"지울 수 없었다고, 이름은, 아범과 자기 이름에서 한 글자씩 넣어 김연수라 지어달라고, 제 엄니가 나을 수 없는 병이 들어 도저히 키울 수가 없겠다고…. 성치 못한 동생도 돌봐야 한다고…. 너를 아범에게 안기고 거짓말처럼 또 선걸음에 돌아서더구나. 휘청거리며 돌아서는 네 어미를, 아범이나 나나 붙들지 못했다. 허깨비처럼 서서 너를 받아 안고 서 있는 아범에게서 너를 받을 때, 강보에서 봉투가 하나 툭 떨어지더라. 봉투에는 네가 태어난 날짜가 적힌 종이와 돈봉투와 예쁜 옷 사 입혀달라고 쓴 쪽지…."

급히 눈을 모으는 나를 할머니가 빤히 바라보았다. 할머니와 눈이 마주친 그 짧은 순간에 머릿속은 하얗게 변해버렸다. 할머니는 말을 잇지 못하고 두 손을 방바닥에 짚어 부서지는 숨을 겨우 고르고 있었다.

"아! 할머니, 그만…."

말을 자르고 눈을 감았다. 방바닥이 바다처럼 울렁거렸다. 무언가를 잡지 않으면 옆으로 쓰러질 것 같았다. 양쪽 손바닥을 바닥에 짚고 허리에 힘을 모아 몸을 세웠다. 할머니는 맥을 놓고 스르르 벽에 기대며 일어서는 나를 못 본 척했다.

집 밖으로 나와 산길 입구에 섰다. 바람에 날려 길바닥을 쓸고 가는 나뭇잎을 따라 걸었다. 수영강을 따라 해운대 쪽으로 한참 걸었다. 영화의전당 앞에 서서 강물에 일렁이는 불빛을 바라보며 한참 울었다. 한참 울고 나자 흔들리고 부서지는 불빛 사이로 글자 몇 개가 분명히 떠올랐다. 엄마, 강보, 봉투, 예쁜 옷, 키울 수가 없겠다. 엄마는 지금 어디에 있을까?

그날 이후 무슨 까닭에선지 다시 할머니와 데면데면해졌지만, 그 정도는 이전과 달랐다. 알고 싶었던 것을 분명히 알게 되었다는 안도감이 있었다. 가끔 엄마는? 하는 생각에, 가슴에 굴이 뚫리는 듯한 아픔이 몰려오기도 했지만, 그 생각에서 벗어나는 방법도 차차로 알게 되었다.

그 방법은 억지로라도 어떤 장면을 만들고, 새로운 장면을 이어가는 것이었다. 나는 앞이 보이지 않는 사람이다. 손으로 하나하나 확인해야 겨우 한 걸음을 뗄 수 있는 사람이다. 이제 아버지를 확인했고, 내가 어떻게 태어났는지도 알았다. 이제 조금만 더 가면 곧 엄마도 알 수 있다고 생각했다. 그리고 가만히 숨을 고르면 아픔이 천천히 사라졌다. 한편은 가벼워진 듯했고, 또 한편은 무거워진 듯했다. 굳이 따지자면 가슴은 가벼워지고 등은 무거워진 듯했다. 학교를 오가는 길에 산길을 걷는 시간이 더 늘어났다.

그러다가 뜻밖의 소식을 들었다. 진이가 전한 소식은 정말 뜻밖이었다. 류민이 제주도로 전학했다는 것이었다. 류민이 갑자기 제주도로 간 것도 놀라웠지만, 그것을 알리는 진이의 말투도 놀라웠다. 진이는, 엄마가 미용실에서 머리를 짧게 잘랐다는 걸 알리는 듯 말했다. 듣는 내내 진이가 다른 사람이 된 듯 낯설었다. 진이가 전한 이야기는 이랬다.

류민은 병원 치료를 받기 시작하고 얼마 지나지 않아

학교를 자퇴하겠다고 선언했다. 엄마와 산 기간만큼 아버지와 살아야겠다고 했다. 난데없는 말에 외할머니와 이모는 입을 다물지 못했지만, 류민은 진지하고 차분했다. 갑자기 꺼낸 이야기가 아니었다.

류민은 그동안 식구들 몰래 아버지와 연락을 주고받고 있었다. 고등학교에 입학한 뒤 아버지를 찾았다고만 말했을 뿐, 어떻게 만나게 되었는지는 시시콜콜 밝히지 않았다. 류민은 아버지가 제주도에서 귤 농사를 지으며 혼자 살고 있다고 했다.

류민은 자기가 앓는 병을 알고 있었다. 인터넷을 검색하여, 병인이 어렸을 때 헤어진 아버지 때문이라고 스스로 진단했다. 병원에서 첫 상담을 한 다음 날, 아버지와 직접 만났다. 류민이 연락하여 제주도에서 날아온 아버지와 사흘을 보낸 것이었다. 진이는 류민이라면 그럴 수 있다고 말했다.

아버지를 만난 뒤, 류민은 모두를 설득하기 시작했다. 제주도로 전학을 가겠다고 말했다. 자퇴하겠다고 말해서 충격을 준 뒤, 슬그머니 전학 카드를 꺼낸 것이었다. 학교에는 내신 성적이 부담된다고 말했고, 집에는 일반고등학교에 다니는 것이 대학입시에 유리하다고 주장했다. 제주에 있는 병원도 이미 알아본 뒤였다. 빈틈없는 류민의 일처리에 누구도 말리지 못했다.

"의사에게서, 스트레스에서 벗어나는 방법으로 생활환경을 바꾸는 것이 치료에 도움이 될 수 있다는 의견서까지 받아두었더라고."

진이는 계속 남 이야기하듯 말했다.

"다들 놀랐지만, 난 놀라지 않았어. 오빠는 할 건 다 하잖아? 자퇴하든, 전학하든, 내키면 학교는 다시 다니면 될 거고, 아니면 검정고시를 보든, 오빠가 그걸 모르겠어?"

그러다 갑자기 말을 멈추었다. 한참 동안 아무 소리도 들리지 않다가 갑자기 새된 소리가 튀어나왔다.

"비겁하잖아! 아주 뻔뻔하잖아? 자긴 자기 길 찾아갈 테니, 나는 내가 알아서 하라는 거잖아? 적어도 내게는…."

급히 말을 멈춘 진이는 말을 끝맺지 못하고 전화를 끊어버렸다. 며칠이 지나서야 뒤 이야기를 들을 수 있었다.

소란이 일어나고 2주 후, 류민은 제주도에 있는 고등학교로 전학하는 것으로 결정이 났다. 결정하기 전, 제주도에서 날아온 류민 아버지가 이모와 외할머니를 만났다. 지난주에는 이모와 류민이 제주도에 다녀왔다고 했다. 진이는 일어난 일을 말한 뒤, 놀라서 벙벙해 있는 내게 말했다.

"이제 다 정해졌어."

"넌 괜찮아? 너무 뜻밖이라서…."

"난 모르겠어. 이모는 괜찮은가 봐. 제주도에 다녀온 뒤 오빠 짐도 챙겨서 보냈어."

"어떻게 엄마 몰래 이혼한 아버지를 만나?"

"엄마가 그러는데, 이모가 큰소리칠 형편이 아니래. 이모가 유책행위를 했대."

"유책행위가 뭐야?"

"이모가 잘못해서 이혼했대."

"아! 그래도 그렇지…."

"뭘 그래? 니네 할머니와 아빠도 널 속였잖아. 넌 그런 할머니와 살고 있고."

"뭐?"

"어느 집에나 있을 수 있는 일이란 말이야. 식구라도 사정을 속속들이 다 알 수는 없잖아."

"하긴. 외할머니는 이제 뭐라고 안 해?"

"내가 연락 안 하려고."

"…힘들겠다."

"의사 선생님이 그랬어. 남을 공격하는 말은, 사실, 대개 하소연일 뿐이래. 듣고 생각하니 맞는 말 같아. 내가 외할머니에게 하소연해서 뭐 하겠어."

"잘 모르겠어."

"그리고 음, 그래도 나는 오빠가 용서 안 돼."

"더 사과받고 싶어?"

"모르겠어, 그냥 맘이 그래."

"이해해. 그리고 나…."

길 189

"왜 너도 뭔 일이 있어?"

"음, 할머니에게 이야기 들었어."

"무슨 이야기?"

"나 태어난….'

"아! 기분이 어때?"

"모르겠어."

"그냥 받아들여."

"솔직히 말해서, 음…. 힘들어!"

"그래도 어쩔 거야? 이미 태어나버렸는데. 그게 니 탓은 아니잖아?"

"뭐? 그게 그렇게 간단한 일이야?"

"그럼 어쩔 거야? 니가 그랬잖아. 우린 그냥, 앞에 보이는 길을 따라왔을 뿐이라고."

"내가 언제?"

"피이, 벌 만난 길 생각 안 나?"

"아!"

"앞으로가 중요하단 말이겠지."

"앞으로?"

"그럼. 언제까지나 보이는 길로만 갈 수는 없잖아."

"안 보이는 길은 어떻게 가?"

"가다 보면 다른 길이 보이겠지."

"너…. 용감해졌다."

"너도 아파봐."

"흐흐. 니가 꼰대다."

"꼰대도 꼰대 나름."

"뭔 말이야?"

"나는 정신병원 다니는 이야기도 막 하고, 가해자도 오빠라 부르고… 막 저질러버리는데, 넌 아무것도 안 하잖아!"

"내가 뭘?"

"지금도 그렇지! 아빤 줄 알면서도 아빠라고 부르지도 못하잖아."

"…."

거침없이 말하는 진이가 낯설었다. 뭐라 한마디도 못하고 머뭇거리다 전화를 끊고 말았지만, 기분은 나쁘지 않았다. 둘이 달리는 길에서 진이가 멀리 앞서가는 것 같았다.

담임 선생님이 고입 원서 이야기를 꺼내자, 아이들은 앓는 소리를 내기 시작했다. 선택해야 하는 시간이 다가오는 느낌은 있지만, 앓는 소리를 낼 만큼 겁은 나지 않았다. 틈날 때마다 전국의 특성화 고등학교를 검색해 보았다.

그러던 어느 날, 종회 시간에 담임 선생님이 말했다.

"특성화 고등학교 갈 사람은 상담 신청하도록!"

그날 바로 선생님을 따라 교무실로 갔다. 교무실 앞에서 힐끗 뒤돌아본 선생님이 말했다.
"왜? 영감은 일찌감치 노인대학으로 바로 가게?"
담임 선생님은 수업 시간에 자주 하던 말투대로 느물거렸다. 선생님이 자리에 앉기를 기다려 말했다.
"혹시 나무를 공부하는 학교가 있는가 해서요."
"뭐? 나무? 뭔 나무?"
"먼나무만 말고요."
"뭐?"
"이름이 먼나무인 나무가 있거든요. 우리 학교에도 있어요."
"그래? 가까운나무는 없고?"
"가까운 나무도 있죠. 여기저기. 앞산 뒷산에."
"허이, 이놈이 덩치가 비슷하다고 같이 놀라 하네."
이만하면 선생님의 비위는 맞추었다고 생각했다.
"남원에 나무를 공부하는 과가 있는 농업계 특성화 고등학교가 있다고 해서요."
그동안 검색한 것이 있어 자신 있게 말했다.
"남원에? 농업계 특성화고를 가겠다고? 별일이네. 어이 박 선생, 이 영감이 농업계 특성화고를 가겠다네. 허, 참!"
선생님이 의자를 옆으로 돌리며 엉뚱한 일거리가 생겼다는 듯 말했다. 몇몇 선생님이 나를 쳐다보았다. 사서 선생님이나 재배부 선생님이 보이지 않아서 다행이라고 생각했다.

"나무를 공부하겠다고? 기후 위기 시대에 유망한 일이지. 설마 공부하기 싫어선 아니지?"

지름길로 바로 가야 했다. 준비한 답이 있었다.

"졸업하고 나무 의사가 되려고요. 특성화고 졸업하면, 대학 갈 때 부가 점수도 있어요. 대학에 가지 않더라도 고등학교 졸업하고 관련 직종에 3년 이상 근무하면 자격시험을 볼 수 있어요. 나무 의사 자격을 갖고 국립공원에서 일하고 싶어요."

선생님은 의자를 바로 세우더니 표정을 바꾸며 말했다.

"너, 상담하러 온 거 맞냐? 가르치러 온 것 같은데. 나무 의사? 그런 직종이 있나?"

"네, Tree doctor나 Forester 또는 Plant therapist라고 부르기도 해요."

"어쭈! 혀 좀 돌아간다. 아예 강의를 해라. 근데 그런 일을 왜 할라꼬?"

"나무를 보면 여러 가지 생각이 들어서요."

선생님은 흥미가 생기는 듯 빤히 바라보며 다시 물었다.

"그래? 무슨 생각?"

"나무가 하는 말이 궁금해요. 그걸 공부하고 싶어요."

"나무가 하는 말? 그런 게 있어?"

"네. 식물은 화학 언어를 사용한다고 과학자들이 이미 밝혀냈어요. 나무가 하는 말을 들으면 생각도 알 수 있다고 생각해요."

"나무 생각을 알아서 뭐 하게?"

"한 곳에만 서서 사는 나무는 돌아다니는 사람보다 잘 사는 방법을 더 알 수 있을 것 같아요."

"잘 사는 법? 산에 운동하러 다니는 줄 알았더니 엉뚱하네. 나무한테 그걸 물어보려고?"

"나무는 알고 있을 것 같아요."

선생님은 의자를 돌려 운동장을 멀겋게 내려다보며 중얼거렸다.

"나무가 말하는 잘 사는 법이라? 나도 궁금하네. 그건 글코, 축구 골대 뒤에 있는 저 나무가 지금 뭐라고 말하는 것 같아?"

"자귀나무는 저를 빨리 보내야 선생님이 편안하시다고 말합니다."

"자귀나무? 허이, 윤석. 가봐!"

선생님은 피식 웃은 뒤, 갑자기 신중해진 모습으로 서류를 살피기 시작했다.

교무실을 나오자 속이 후련했다. 이런 시간이 올 것이라 생각하고 있었다. 어떻게 말해야 할지 내내 걱정했던 것이 말끔하게 해결되었다고 생각했다. 틈만 나면 나오는 생뚱맞은 개그를 막아버리고, 어색한 다른 선생님들 눈길도 피해야 했지만, 준비한 대로 말을 한 것 같아서 개운했다.

진학할 고등학교를 정하자, 식물이 주고받는 화학 언어나 사회생활에 관한 책을 읽는 재미가 달라졌다. 산은 갈 때마다 다른 이야기가 나오는 창고가 되었다. 어느 나무와 어느 나무를 싸우게 하거나 서로 돕게 하는, 맘대로 이야기를 꾸미는 재미가 있었다. 흙이나 햇빛, 벌레, 새, 바람, 그늘은 무기가 되거나 주고받는 선물이 되었다. 숲이 사람이 사는 마을처럼 보였다. 거의 매일 산에 갔다.

특별한 경험을 한 날도 있었다. 학교 마치고, 아파트 옆 산길을 걸을 때였다. 자주 보던 느릅나무가 유달리 눈에 띄었다. 울퉁불퉁한 둥치가 꿈틀거리는 것 같았다. 바람이 불자 느릅나무는 자잘한 잎으로 어둑해지는 하늘을 마음대로 두드렸다.

나무 아래에 가서 둥치를 보듬고 떨림을 느껴보고 싶었다. 그러나 다가서다 울컥 울음이 솟고 말았다. 둥치 무릎 높이에 주먹만 한 돌멩이가 박혀 있었다. 나무는 껍질을 혀처럼 내밀어 돌멩이를 덮어가고 있었다. 돌을 감싼 불룩한 껍질에 손을 얹고 눈을 감았다.

나무는 생각했다. 어느 날, 돌이 날아와 몸에 박혀버렸다. 껍질이 찢어지고 피가 흘렀다. 나무는 돌을 밀어낼 수 없다는 것을 알았다. 생각 끝에 껍질을 더 내어 돌을 덮기로 했다. 나무는 돌이 제 몸속에 다 들어오면, 제 몸으로 받아들일까?
며칠 뒤, 돌이 박힌 둥치 사진을 진이에게 보냈다. 진이가 대뜸 물었다.

〈뭐야?〉
〈나무에 돌이 박혔어〉
〈아!〉
〈나무가 껍질로 돌을 덮어가고 있어 나무가 돌멩이를 자기 몸으로 받아들이는 것 같아〉
〈함부로 아는 척하지 마 밀어내려고 하는 걸 수도 있어〉
〈아! 그런가? 나무에 기대서면, 내 팔이 자라는 것 같을 때가 있어 너도 그런 적 있어?〉
〈내가 왜 나무에 기대? 난 내 발로 서 그리고 팔이 자란다고? 너 그거 병이야 ㅋㅋ 너도 병원에 다녀〉

툭툭 분지르듯 말하는 진이 말투가 힘차게 느껴졌다. 함부로 아는 척하지 말라거나, 병원에 다니라고 내지르는 말투가 한결 가벼워진 상태를 알리는 것 같았다. 진이는 더 앞질러 가고 있었다.
진이 말을 듣고 무엇을 본다는 것에 대해서 다시 생각해보았다. 본다는 것은, 진이에게 말한 적도 있지만, 결국

자기와 비교하는 것이었다. 같은 나무라도 보는 사람마다 다르게 보이는 까닭이라고 생각했다. 나무에 박힌 돌을 보고 나는 받아들이는 것으로 보았지만, 진이는 밀어내는 것으로 보는 것이었다.

층층이 박힌 돌멩이를 보면 마음대로 움직이는 내가 보이고, 바람을 느끼면 흩어지지 않는 몸을 가진 내가 새삼스러웠다. 내가 돌멩이라면, 지금처럼 돌멩이를 볼 수 없고, 내가 나무라면 지금처럼 나무를 볼 수 없을 것이었다. 나니까 바람과 나무와 돌멩이를 보는 것이라는 생각이, 어둠 속에서 갑자기 빛을 받은 소나기처럼 덮쳐왔다.

산에 갈수록 새 모습이 보였다. 잎 지는 나무가 잔가지까지 다 드러나는 늦가을은 산이 숨겨왔던 속살을 읽기에 마침맞았다. 나무마다 펼친 그늘도 두께가 다르고, 어울리는 벌레와 새도 달랐다. 썩을 때 나는 냄새도 달랐다. 나무마다 잎이나 가지나 꽃 모양이 다른 이유를 나름대로 정리해보았다. 숲이 쓰는 일기장을 훔쳐보는 기분이었다. 그들은 분명히 이야기를 나누고 있었다.

죽은 새를 본 날이 있었다. 뼈가 드러난 산비둘기였다. 옆에 서 있는 오리나무 아래에 묻을까 하다가 그냥 두기로 했다. 책에서 읽은 게 떠올랐기 때문이었다. '숲은 숲에서 일어난 모든 일을 스스로 처리한다.' 걸어가다 돌아서서 오리나무를 쳐다보았다. 오리나무는 아무 일도 없다는 듯 바람에 가지를 맡기고 있었다. 오리나무는 죽은 산비둘기를 나와 다르게 보는 것이라고 생각했다.

나무는 한 곳에 뿌리박고 살아서 제 몸에 오가는 어둠이나 밝음, 바람이나 비나 이슬을 제대로 읽을 수 있을 것이다. 또 나무는 제 가지에 붙어서 죽은 벌레가 내쉰 마지막 숨소리와 제 몸에 지은 둥지에서 태어나는 새끼 새가 지르는 소리를 처음 들을 것이다. 그렇다면 나무는 세상이 감춘 비밀을 가장 많이 아는 존재가 아닐까? 문득 숲속에서 큰 소리로 묻고 싶었다. 잘 사는 것은 어떻게 사는 것입니까?

그 물음은 머릿속을 채우다 문득문득 입 밖으로 나올 때가 있었다. 그러면 걸음이 느려지고, 숨은 가빠졌다. 마음이 간지러웠다. 마음대로 긁어서 시원해지고 싶은 마음이 날마다 커졌다.

고등학교 입학 원서를 마감한 날, 종회 시간에 선생님은 웃으면서 말했다.

"우리 학교는 부산에서 농업계 특성화고 진학생을 배출한 유일한 중학교다. 다 같이 박수!"

몰려오는 아이들의 눈길과 웃음이 부담스럽지 않았다. 더 아무렇지 않게 받아들여야 한다고 생각했다. 저만치 앞서가는 진이를 부지런히 따라가야 했다. 진학할 고등학교를 정하고 나자 이리저리 쏠리던 마음 중 하나가 제자리를 잡은 것 같았다. 할머니에게도 말했다. 집에서 다닐 수 없다는 것을 알게 된 할머니는 한참 동안 말이 없었지만, 결국 고개를 끄덕였다.

이제 남은 것은 분명해졌다. 아버지를 만나는 것이었다. 그럴 준비가 된 것 같았다. 아쉬운 것이 있다면 엄마를 모르는 것이었다. 엄마를 생각하면 먹먹하기만 할 뿐 아무것도 떠올릴 수가 없었다. 할머니에게 엄마 이야기를 꺼낼 기회를 기다렸다.

할머니가 널어둔 빨간 고추를 걷으러 옥상에 가는 것을 보고 따라갔다. 할머니는 돗자리에 앉아 젖은 수건으로 마른 고추를 하나하나 닦고 있었다. 옆에 앉아 할머니를 따라 고추를 닦았다.

"짧은 볕이라도 볕이 좋긴 좋구나. 그새 바싹 말랐네."

할머니는 닦은 고추를 보에 싸며 흐뭇하게 말했다. 곁으로 다가앉으며 불쑥 물었다.

"할머니, 엄마는 어떤 사람이었어요?"

할머니는 뜬금없다는 듯 먼 하늘로 눈길을 보냈다.

"시간이 많이 지나서…. 생각하지 않으려고도 했고, 또 본 시간도 턱없이 짧았고."

할머니는 아슴아슴한 눈길로 한참 공중을 살폈지만 뚜렷한 기억을 찾지 못하는 것 같았다. 마음이 공중에 던진 티슈처럼 흔들리며 어디론가 흘러갔다. 무슨 말이라도 이어야 했다.

"엄마는 키가 컸어요?"

할머니는 나를 가만히 바라보고 말했다.

"키? 자세히 볼 틈은 없었지만, 음, 나보다 작지는 않았던 것 같구나."

할머니는 기억의 꼬투리를 잡은 것일까?

"우와! 엄마 키가 할머니만 했어요?"

"그게, 그렇게 대수니?"

"엄마에 대해서 처음 알게 된 거잖아요."

"에휴!"

할머니가 한숨을 내쉬었다. 못 들은 척 다시 물었다.

"그 돈, 엄마는 왜 돈을 두고 갔을까요?"

할머니는 이야기가 길어질 것 같은지 앉음새를 고쳤다. 나도 할머니 맞은편에 앉았다.

"끝자리가 떨어지는 것이 아마도 적금 부은 것을 다 넣은 듯하더라. 그게 네 어미가 가진 전부였겠지. 어렸지만 어미였으니까."

할머니는 이것만은 분명하다는 듯 자신 있게 말했다.

"그러고 보니 생각난다. 그 아이, 선하게 생긴 눈빛이었다."

"아! 어떻게요?"

"마주 보려고 하지 않았고, 나도 챙겨볼 상황이 아니어서 자세히 보지는 못했지만, 눈시울 선이 고왔다. 그러고 보니 네 눈이 그 눈을 닮았구나."

"내 눈이요?"

"그런 것 같다."

손으로 눈시울을 만져보았다.

"너는 네 엄마가 원망스럽지 않니?"

"…. 잘 모르겠어요."

그새 마음속에 생긴 몽글몽글한 마음이 무엇인지 알 수가 없었다.

"에휴. 내 죄가 크다."

"아버지가 엄마에 대해서 말한 것은 없어요?"

"그때 아비가 어디 옳은 사람이더냐? 하긴, 연이어 네 할아버지 장례까지 치러야 했으니…."

"네?"

할머니 눈길이 다시 공중으로 흩어졌다.

"네 백일 지나고 며칠 뒤에 경찰서에서 연락을 받았다. 여수에 있는 한 여인숙에서 시신으로 발견되었다더구나. 뚜렷한 사인도 밝히지 못했다. 경찰서에 오가며 객사한 네 할아버지 장례를 치러야 했다. 어떻게 장례를 치렀는지 지금도 모르겠다. 예쁜 옷 사주라고 네 어미가 두고 간 그 돈도 장례 마치고 나니 사라지고 없더라. 그런 형편이었다.

그래도 방에 네가 있는 것이, 위안이 되더구나. 네 할아버지도 널 보고 가셨을 것이다. 네가 식구로서 큰일을 한 것이다."

할머니는 고개를 뒤로 젖혔다. 눈꼬리에서 시작된 주름을 타고 눈물이 흘러내렸다. 가만히 할머니를 바라보았다. 다시 꺼내기 힘든 이야기라 생각했다.

"그 뒤에 아버지는….'"

"음…. 네 아비는 한참 동안 바람 같았다. 실성한 사람처럼 떠돌아다니다가 집에 오면 말없이 너를 내려다보곤 했지. 그러다가 군대 가는 신체검사를 받았고."

"엄마는 한 번도 연락이 없었고요?"

"제 어미 병이 깊어졌을 거라 짐작만 했다."

"아!"

"아범은 몸이 약해선지, 사고를 당해선지, 고등학교 졸업장이 없어선지 군대는 면제되었다. 그러다 네가 따박따박 걷기 시작하니까 아범이 조금씩 달라지더라."

다시 아버지 이야기로 돌아와버렸지만, 말리지 않았다. 할머니는 다시 고개를 뒤로 젖혔다. 나는 할머니를 바로 보지 못하고 눈길을 돌렸다. 아파트 옆, 산 위에서 내려오던 어둠이 아파트 불빛을 보고 주춤거리고 있었다.

"어느 날 저녁에, 아범이 널 안고 한참 내려다보더니, '어머니, 죄송합니다. 돈을 벌러 가겠습니다. 제가 거둘 때까지만 연수를 맡아주십시오.' 하더라. 그러곤 며칠 뒤에 집을 나갔다. 그길로 나선 게 지금까지 이어지는 게다."

"아버지는 무슨 일을 했을까요?"

"고등학교도 마치지 못한 사람이 골라서 일을 했겠니? 한 번씩 집에 올 때마다 약한 몸이 더 축나더구나. 형편에 뭘 해서 먹이지도 못하고, 바라볼 수밖에. 얼핏 말하는 중에 듣기로는, 이전에는 원양어선도 탄 것 같고, 몇 년 전부터는 산에서 나무 베는 일을 한다더라. 지금은 청송이라는 데서 일하는 걸로 알고 있다. 예전에 어깨도 다쳤는데 톱질하는 일이 버겁겠지. 그래도 마음은 변하지 않아서, 빈손으로 나간 아범이 모은 것으로 우리 두 식구 살아내고 네가 학교에 들 무렵에는, 임대아파트지만 이리로 이사도 온 게야."

뜨거운 것이 가슴을 채우며 차올랐다. 할머니 몰래 가늘게 뽑아 올려 천천히 뿜어냈다.

"이제 내려가요. 할머니."

무릎을 세우는데 할머니가 손을 뻗어 내 손을 잡았다.

"말이 나온 김에 나도 하나 물어보자. 이제 어쩔 거니?"

"아직 잘 모르겠어요. 마음이 정해지면 말씀드릴게요."

할머니는 애타는 눈빛으로 올려보았지만, 아무 말도 할 수 없었다.

결국 공은 내 손에 쥐어졌다. 의논할 상대도 없었다. 기껏해야 진이와 통화할 뿐이었다. 인터넷으로 청송이란 도시를 검색하다 진이에게 전화를 걸었다. 진이는 내가 말을 꺼내기도 전에 기다렸다는 듯 불쑥 말했다.

"오늘, 병원에 다녀왔어."

"응."

"의사 선생님과 이야기하면, 서랍 속에 숨겨둔 것들을 하나씩 꺼내서 버리는 느낌이야. 그게 좋아."

나는 새싹에 밀려 떨어지는 묵은 상수리나무잎을 생각했다. 떨어지는 나뭇잎이 새잎을 끌어내는 것이라고 말하고 싶었지만, 말이 제대로 만들어지지 않았다.

"응."

"넌 왜 응만 하니? 혹시 응가하는 건 아니지?"

"응."

"근데, 이런 이야기를 너한테 하는 게 이상해. 부끄럽고. 싫으면 말해. 안 할게."

"영감이라며. 나, 할 말이 있어. 음, 아버지에게 가려고 해."

"난 반대야!"

"응? 왜?"

"넌 너무 무거워. 그러면 상대방도 힘들어."

"그럼 어떡해?"

"음…. 아빠를 만나러 가!"

"뭐?"

진이가 하는 말이 가벼운 농담으로만 들리지 않았다. 전화를 끊고 전화기에 삼촌이라고 저장된 번호를 아버지로 바꿨다. 다시 아빠라고 저장했다가 밤에 다시 아버지로 바꾸었다. 진이에게 문자로 고백했더니 진이는 눈을 찡긋하며 웃는 이모티콘으로 답했다.

아버지를 만나러 가겠다고 할머니에게 말했다. 겨울방학이 며칠 남지 않았을 때였다. 준비가 다 되었다고 생각했다. 말하고 나자 흔들리던 어금니를 뺐을 때처럼 후련했다.

"고맙구나. 부자간에 있어서는 안 될 시간이 너무 길었다."

할머니는 담담한 척 말했지만, 잔잔한 웃음을 다 숨기지는 못했다.

"내일 아침 일찍 가려고요. 아버지에게 알리지 마세요. 불쑥 찾아가고 싶어요."

"묵는 곳이 터미널 근방이라더라. 도착하면 바로 전화부터 드려라. 해도 짧은데 낯선 곳에서 헤매지 말고. 떠돌이 일자리라 그새 다른 곳으로 옮겼을 수도 있어. 혹시 못 만나면 바로 내려오고."

"찾아가야죠!"

뱉은 말이 할머니의 귀에 닿기 전에, 말이 앞섰다고 생각했다. 그러나 그럴 수 있을 것 같은 마음도 뭉근하게 솟았다.

"아 참, 할머니, 아버지에게 먼저 전화하지 마세요. 제가 아버지를 만날 때까지요. 꼭이요."

"흐흐. 알겠다. 약속하마."

밤새 깊이 잠들지 못했다. 새벽까지 청송 가는 길을 검색했다. 후다닥 빨리 가고 싶지는 않았다. 낯선 길이라 에둘러 가는 길을 찾기도 어려웠다. 결국 첫차로 동대구에 가서 청송으로 가는 길을 잡았다. 아침밥을 먹는 둥 마는 둥 했다. 할머니는 설치고 나서는 내 점퍼 주머니에 접은 지폐를 넣으며 못 본 척 입꼬리를 살짝 올렸다.

눈 내리는 밤

도평터미널에 들어설 때쯤 토할 것 같은 멀미 기운이 생겼다. 시큼한 침이 고일 때쯤 버스가 멈췄다. 버스에서 내려 멀리 보이는 산을 들이마시듯 숨을 쉬어 멀미 기운을 씻어냈다. 눈바람 속에서 산머리만 움직이지 않고 서서 희끗희끗한 이마를 내보였다.

청송터미널에 도착했을 때는 희부연 해가 달처럼 머리 위에 떠 있었다. 해 앞으로 휘휘 지나가는 구름이 보였다. 볼에 닿는 바람은 여전히 세찼다. 터미널 밖으로 나오며 주머니 속의 지폐를 확인했다.

터미널에서 나와 건널목을 건너 바람을 등지고 걸었다. 포털 스카이뷰에서 확인한, 낙동강으로 흘러가는 용전천이 있는 쪽이었다. 곧 물길이 나타났다. 온천천보다 좁았다. 바람은 얼어붙은 강바닥에서 눈가루를 쓸어 모아 언덕에 마구 뿌렸다. 기슭엔 마른 물풀이 몰아치는 눈바람에 쉴 새 없이 흔들렸다. 간혹 검은 바위만 불쑥불쑥 솟아 하얀 모자를 쓴 채 바람을 맞고 있었다.

　옷을 여몄지만, 목으로 파고드는 바람은 매서웠다. 한 번도 느껴보지 못한 추위였다. 그래도 강둑을 따라 걸어 보고 싶었다. 강둑으로 나서자, 바람에 밀려 걸음이 흔들렸다. 아버지도 이 길을 걸었을 것이었다. 아버지는 이 길을 걸으며 무슨 생각을 했을까? 아버지를 만나면 무슨 이야기를 할까? 문득, 청사포 방파제에 앉아 불이 켜진 방을 보던 생각이 났다. 그때 '사람들은 방 안에서 무슨 이야기를 할까?' 하고 생각했다. 어금니가 우련하게 저렸다.

　얼마 가지 못해 턱이 덜덜 떨렸다. 갑자기 배도 고팠다. 어디로든 들어가야 했다. 얼마 떨어지지 않은 곳에 청송재래시장이라고 쓴 큰 간판이 보였다. 쫓기듯 걸어 시장 안으로 들어섰다. 온기가 느껴지자 낯이 따끔거렸다. 연이어 마른세수를 했다. 시장 안 이곳저곳을 기웃거리다 시장분식이라는 곳에 들어갔다. 큰 솥에서 더운 김이 솟고 있었다. 라면을 시켰다.

　김 속에서 이리저리 움직이는 아주머니가 국숫집 할머니 모습으로 바뀌어 갔다. 할머니는 앞주머니에서 잡히는 대로 돈을 꺼내 아버지에게 건넸다. 돈을 받아 쥐고 나가는 아버지 어깨가 건들거렸다. 곧 오토바이를 타고 골목을 내달리는, 어깨가 치솟은 뒷모습이 보였다가 사라졌다. 라면을 먹는 내내 머릿속에 남은 뒷모습을 털어내려고 애를 썼다.

시장 골목을 나오자, 눈바람은 더 사나워졌다. 떠밀리 듯 다시 버스터미널로 갔다. 청송터미널에 잘 도착했다고 할머니에게 문자를 보냈다. 문자를 보내고 나자 갑자기 막막한 기분에 휩싸였다. 이제 무엇부터 해야 하나? 할머니는 아버지를 만날 수 없다면 바로 돌아오라고 했다. 시간표를 보니 부산으로 가는 버스는 오후 세 시 반에 막차가 있었다. 시간을 확인하자 조급한 마음이 생겼다. 더 망설일 수가 없었다.

터미널 밖으로 나와 아버지에게 전화를 걸었다. 신호음은 갔지만, 받지 않았다. 다시 전화를 걸었지만, 받을 수 없다는 기계음만 되돌아왔다. 다시 터미널 안으로 들어와 앉았다. 눈이 자꾸 시계로 갔다. 화장실에서 양치질을 하고 밖으로 나왔다. 차분해져야 한다고 생각했다. '만일'이라는 말과 '어떻게'라는 말이 입안에서 자꾸 맴돌았다. 청송에서 못 만나면 찾아가겠다고 할머니에게 큰소리친 것도 생각났다. 그때 전화기가 부르르 떨렸다. 아버지였다. 통화버튼을 누르자 세찬 바람 소리가 먼저 튀어나왔다.

"연수야!"

갑자기 목구멍이 뻑뻑해져서 말이 나오지 않았다. 연이어 침을 몇 번 삼켰다.

"연수야! 내 말 들리니?"
"네. 청송에 왔어요."
"뭐? 청송? 잠깐! 아, 안 들려. 잠깐."
전화가 끊어졌다. 아버지에게서 다시 전화가 왔지만, 받자마자 바람 소리만 들리다가 또 끊어졌다. 곧 문자가 왔다.

〈청송이라고?〉
〈네 터미널에 있어요〉
〈혼자 왔니?〉
〈네〉
〈집에 가 있어 보내는 문자 보면 찾아갈 수 있을 거야 터미널에서 가까워 경비실에 가면 문 열어줄 거야 방에 들어가 있어 경비실에는 내가 연락할게 나는 두 시간 정도 걸릴 거야〉

아버지가 사는 집은 터미널에서 가까웠다. 문자로 말한 농협마트가 빤히 보였다. 걸어서 10분 정도 걸리는 3층 연립주택이었다. 바람에 밀려 저절로 걸음이 옮겨졌다. 경비실에 가서 아버지의 이름을 말하자 경비 할아버지는 아래위를 훑어보다 앞서 걷기 시작했다.
할아버지는 가장 안쪽 출입구로 들어가서 계단으로 3

층까지 오른 뒤, 여러 개의 열쇠가 달린 꾸러미를 꺼내 그 중 하나를 열쇠 구멍에 꽂았다. 문을 여는 소리가 들린 뒤 할아버지가 뒤를 돌아보았다. 아래위를 찬찬히 훑어보며 말했다.

"왼쪽 방이 김 군 방이라는데, 근데 김 군과 어떤 사이요?"

대답 대신 고개를 숙였다. 할아버지는 고개를 갸웃거리며 계단을 내려갔다.

현관문을 닫자, 바람 소리가 뚝 끊기며 조용해졌다. 신발장을 열어보았다. 빨래 더미에서 나던 쿰쿰한 냄새가 훅 끼쳐왔다. 등산화처럼 생긴 큰 신발 세 켤레와, 운동화 두 켤레, 안쪽에는 구두 두 켤레가 가지런히 놓여 있었다. 부엌이 달린 거실이 있고, 부엌 맞은 편 화장실 양쪽에 방이 하나씩 있었다.

아버지 방은 내 방 크기만 했다. 전기장판 위에 이불이 펴져 있고, 베개도 그대로 있었다. 베개 옆에는, 중간에 볼펜을 끼운 일기장처럼 보이는 두꺼운 노트와 산약초도감, 야생버섯도감이 가지런히 포개져 있었다. 학교 도서실에 있는 것보다 작은 포켓용이었다. 아! 아버지도 이런 도감을 보는구나. 도감을 몇 장 넘기다 방 안을 둘러보았다. 장롱 앞 방바닥에 빨아서 펴둔 양말들이 짝을 지어 나란히 누워 있을 뿐, 깔끔하게 정리된 모습이었다.

전기장판 전원을 켜고 겉옷을 벗어 걸어두려고 장롱을 열었다. 장롱 안에 걸려 있는 두꺼운 옷은 하나같이 군복 색깔이었다. 집에 올 때 입었던 낯익은 양복도 보였다. 서랍에는 얇은 옷과 속옷이 가지런히 개켜져 있었다. 마른 양말을 짝 맞춰 속옷 옆에 넣었다.

창문을 열자 찬바람이 쏟아져 들어왔다. 깔개와 덮는 이불을 창밖으로 내서 털었다. 내친김에 걸레를 빨아 와서 청소를 시작했다. 방바닥을 닦다가 X자 두 개가 나란히 그려진 것을 보았다. 엉뚱하다 싶어 힘주어 문질렀지만 지워지지 않았다.

청소를 마치고 걸레를 빨아 방바닥에 펴 두고 이불 밑으로 다리를 폈다. 창문이 바람에 삐걱거리는 소리만 들릴 뿐 다시 조용해졌다. 베개를 당겨 베고 누웠다. 약한 송진 냄새가 나는 듯했다. 등으로 따뜻한 기운이 번져왔다.

그새 까무룩 잠이 든 모양이었다. 두런두런 계단을 울리는 남자 목소리, 두꺼운 옷을 두드려 먼지를 터는 소리, 계단을 바삐 오르는 발걸음 소리가 꿈속에서처럼 들렸다. 몸을 일으키자 달그락거리는 소리가 나더니 왈칵 현관문이 열렸다.

"연수야!"

거실로 나가자 벙거지를 손에 들고 동그랗게 눈을 뜬, 수염이 거칠게 난 아버지가 놀란 듯 서 있었다. 낯선 모습에, 마음속으로 수백 번 연습했던 아버지나 아빠 중에서 어떤 말도 나오지 않았다. 얼이 빠진 듯 고개만 꾸벅 숙이고 말았다.

　방에 들어선 아버지도 얼이 빠진 듯했다. 쫓기는 사람처럼 허둥댔다. 손바닥을 마주 비비다가, 주머니에서 뭔가를 꺼내 장롱 안 옷 주머니에 넣기를 반복했다. 벙거지를 다시 쓰기도 했다. 나는 허둥대는 아버지를 바라보기만 했다. 드디어 아버지가 바닥에 앉으며 말했다.

　"연락도 없이, 갑자기…."
　"그냥…. 이렇게 오고 싶었어요."
　마주 앉으며 비로소 아버지를 만났다는 생각이 들었다.
　"눈도 많이 오고 바람이 너무 불어서, 이런 날은 위험해서, 작업이 안 돼서, 일을 빨리 마쳐서 다행…. 아니, 지금 오는 길이야."
　아버지는 내 쪽으로 이불을 밀면서 계속 말을 더듬거렸다.
　"올 때 눈이 엄청 많이 왔어요. 이렇게 오는 눈은 처음 봐요."
　"그렇지? 이런 눈은 여기서도 드물어. 어머니는, 아니, 할머니는, 아니 어머니는 잘 계시고?"
　"네."
　아버지는 이불 밑에 손을 넣었다가 머리를 뒤로 쓸어

넘겼다. 그러더니 벌떡 일어나 양말이 놓였던 곳과 방 안을 휘휘 둘러본 뒤 말했다.
"청소했구나. 지저분하지?"
"아뇨. 내 방보다 깨끗했어요."
아버지는 피식 웃은 뒤, 옷을 챙겨 욕실로 들어갔다. 아버지가 앉았던 자리에 톱밥과 소나무 껍질 부스러기가 있었다. 손바닥으로 쓸어 모아 창밖에 버리고 할머니에게 아버지를 만났다는 문자를 보냈다.
욕실에서 나는 물소리를 들으며 생각했다. 이제 아버지를 만나러 왔다. 완전한 아버지를 만나야 한다. 지난 이야기는 오늘 모두 들어야 한다. 엄마 이야기도 다 들어야 한다. 남기거나 미뤄서도 안 된다. 그러려면, 울지 않아야 한다. 아버지를 만나기로 마음먹은 뒤 몇 번이나 다짐했던 것이었다.
"멀미는 하지 않았니? 내내 눈길이었을 텐데."
수건으로 머리를 털며 방에 들어선 아버지가 물었다. 씻고 나온 아버지는 한결 차분해져 있었다.
"조금 했어요. 그래도 눈 구경하면서 재미있게 왔어요."
"이리 큰 눈은 처음 보지?"
"네. 눈이 덮어버리니까 나무도 산도 동글동글해졌어요."
"동글동글? 호호. 그렇지!"

아버지는 물기가 남은 머리카락을 다시 털며 말했다.
"참, 뭘 좀 먹어야지? 나는 배고픈데."
"네. 그래요."
시장에서 라면 먹은 지가 얼마 지나지 않았지만 안 먹은 것처럼 먹을 수 있을 것 같았다.
"우리 고기 먹을까?"
"네. 뭐든 좋아요."
아버지는 일어서서 로션을 바르기 시작했다. 나도 벗어 둔 겉옷을 입었다. 방문을 나서다 아버지와 나란히 서게 됐을 때, 힐끗 보니 내가 아버지보다 주먹 하나는 더 컸다. 아버지도 곁눈질로 내가 키를 재는 걸 본 모양이었다. 앞서 나가는 아버지가 흘린 웃음기를 얼핏 보았다.

밖에는 계속 눈이 내리고 있었다. 눈바람도 여전히 으르렁댔다. 바람에 휘몰린 눈이 얼굴을 때리면 따가웠다. 바람에 휘청거리자, 아버지는 벙거지를 고쳐 쓰며 내 앞에 바짝 붙었다. 코끝에 벙거지가 닿을 듯했다. 골목을 빠져나오자 더 센 바람이 몰아쳤다. 둘이 함께 흔들렸다.

아버지가 한 손을 뒤로 내밀었다. 손을 잡자, 아버지가 내 손을 당겨 다시 잡았다. 손목을 잡는 아버지 손바닥이 돌이 박힌 듯 딱딱했다. 아버지는 야금야금 내 손을 잡아끌어 소매 안으로 밀어 넣었다. 식당에 도착하기까지 무릎으로 아버지 엉덩이나 오금을 몇 번이나 찼는지 모른다.

식당 안에는 아버지와 비슷한 차림을 한 사람들이 서너 명씩 모여 여러 자리에 앉아 있었다. 아버지는 손을 들어 몇몇과 인사를 나눴다. 나는 아버지가 알은체하는 쪽으로 돌아보며 고개를 숙여 일행임을 알렸다.

우리는 구석진 자리에 앉았다. 손을 씻고 오니 탁자 위에 사과가 놓인 접시가 있었다. 고기도 먹기 전에 사과라니. 엉뚱하다고 생각했지만 청송을 검색할 때마다 보았던 그 청송 사과라고 생각했다. 사과 하나를 깎아 접시에 담았다. 아버지가 포크를 잡으며 희미하게 웃었다.

곧 숯불이 놓이고, 아주머니가 숯불 위에 불판을 얹었다. 아버지는 숯불 위에 두 손을 폈다. 손가락 사이에 발간 물갈퀴가 생긴 것 같았다. 다시 온 아주머니가 불판 옆에 밑반찬과 고기를 놓은 뒤 싱긋 웃으며 말했다.

"우쩐 일이래요? 생전 안 시키던 소고기를 시키고. 오늘이 무슨 특별한 날인갑네요?"

억양이 낯설어 속으로 따라 해보았다. 아버지는 웃는 표정만 지었다.

"동생인가? 차이가 좀 있긴 한데, 닮은 것 같기도 하고…."

아주머니는 나를 빤히 내려다보다 아버지를 보며 고개를 갸웃거렸다.

"제가 아빠 아들입니다."

무릎을 반쯤 세우고 아주머니를 바라보며 선언하듯 말하고 앉았다. 저절로 그렇게 돼버렸다. 아버지도 분명 처음 들었을 터인데, 별다른 표정 없이 희미하게 웃으며 천장을 쳐다보았다. 아주머니만 "우웨?" 하고 놀란 소리를 냈다. 아주머니가 놀란 표정으로 주위를 둘러보자 다른 자리에서 웅성대는 소리가 들렸다. 표고버섯을 챙겨 들고 다시 다가온 아주머니가 호들갑스럽게 말했다.

"이 아들이, 전에 말하던 그 아들인갑네. 세상에, 옆에서 하도 장가가라고 하니까 귀찮아서 지어낸 말인 줄 알았더니, 진짜 아들이 있은는갑네?"

"네, 제가 아빠 아들입니다."

이번에는 일어서서 주변을 돌아보며 여러 곳으로 고개를 숙였다. 여기저기서 웅성거리는 소리가 점점 크게 들렸다. 아버지는 의자에 등을 기댄 채 반쯤 눈을 감고 있었다. 아주머니는 불판에 고기를 올리며 훑듯이 나를 살폈다. 나는 소리 내지 않고 아빠를 몇 번 더 말했다. '빠'를 만든 동그라미가 식당 안에 둥둥 떠다니며 점점 커지는 것 같았다.

진이가 아빠라고 말해보라고 했을 때, 직접 만나면 아빠라고 부를 수 있을까? 몇 번이나 생각했다. 혼자 있을 때 연습도 많이 했다. 아버지보다 아빠는 쉽게 말해지지 않았다. 그런데 아빠라는 말이 툭 나가버린 것이었다. 나는 아빠! 하고 분명히 말했다! 연습했던 장면이 아니었지만 처음 말한 건 분명했다.

아! 이렇게 아무렇지도 않다니! 그동안 낑낑댔던 것은 무엇 때문이었나? 따져보면 세상에서 가장 흔한 말이 아빠가 아닐까? 아빠 없이 태어난 사람은 아무도 없을 테니까. 아무튼 마음속에서 묵직한 뭉텅이 하나가 빠져나간 듯 개운했다.

아버지는 구운 고기를 내 접시에 올려놓을 뿐 말이 없었다. 나도 이어갈 다른 말을 찾지 못하고 아버지가 건네는 고기를 받아먹었다. 옆자리의 어떤 아저씨가 사이다를 보내주었다. 주인아주머니는 시키지도 않은 표고버섯을 또 내와서는 내 얼굴을 빤히 보고 갔다. 고기를 집다가 간혹 눈이 마주치면 아버지와 나는 동시에 피식 웃곤 했다.

아버지가 계산을 치를 동안, 식당 밖에 서서 눈바람을 맞았다. 들어올 때보다는 한결 약해진 바람이었다. 그새 골목에는 어둠이 찾아들고 있었다.

"더 먹고 싶은 것 있니? 여긴 가게들이 일찍 문을 닫아."

아버지가 다가와서 주변 상가를 둘러보며 말했다.

"전 배부르게 먹었어요. 뭘 좀 더 사 올까요? 아버진 별로 안 드셨잖아요."

아! 이번에는 아버지라고 말했다고 생각했다. 그러자 입안에서 아버지라는 말이 고체처럼 맴돌았다.

"나는 됐어. 많이 먹었어."

하늘을 올려다보았다. 바람은 잦아들었지만, 눈송이는 여전히 어지러웠다.
"눈이 더 올까요?"
"아마 더 올 거야. 아직 구름이 두꺼워. 추운데 그만 방에 들어갈까? 여긴 금방 어두워져."
아버지 어깨에 눈이 쌓이기 시작했다. 바짝 붙어 서며 물었다.
"눈이 이리 오면 내일 버스가 갈까요?"
"내일 내려가야 하니?"
"네. 할머니랑 약속했어요."
앞서 계단을 오르던 아버지가 다시 내려와 내 옆에 섰다. 어느새 불이 켜진 외등이 만든 그림자 두 개가 눈 위에 희미했다.
"며칠 있다가 가면 좋을 텐데."
"다음에 오면 오래 있을게요."
"…그러자."
"밤새 눈이 오면 버스도 힘들겠어요."
"큰길엔 곧바로 제설작업을 하니까 괜찮을 거야."
"아! 올 때 제설차도 봤어요."
"호호, 여긴 겨울이면 자주 봐."
아버지는 헛발을 툭툭 찬 뒤 몸을 굽혀 바짓단에 붙은 눈을 털어냈다. 내 바짓단도 털어주었다. 나는 아버지 등과 어깨에 쌓이는 눈을 손으로 쓸었다.

"마침, 옆방 쓰는 박 씨가 집에 다니러 가서 방이 비었어."

방에 들어서자마자 겉옷을 벗어 옷걸이에 걸며 아버지가 말했다.

"항상 두 분이 사용하세요?"

"회사에서 얻어주니까 혼자 사용할 수는 없지. 일이 많을 때는 셋이나 넷이 살기도 해."

"식사는요?"

대답 대신 얼굴을 빤히 쳐다보던 아버지는 냉장고에서 귤을 꺼내 왔다. 이불을 걷고 장판 위에 귤 쟁반을 내려놓고 말했다.

"네가 어머니처럼 묻는구나. 밥은 식당을 정해놓고 먹어. 일터를 자주 옮겨 다녀야 하니까 해 먹기는 힘들어. 이리 와 앉아."

"네, 할머니가 자주 걱정하셔서…."

"그러실 테지. 자주 연락을 드리지 못하니…."

아버지는 이불을 걷어내고 앉을 자리를 만들었다. 아버지가 천을 만질 때마다 굳은살에 천이 긁히며 버석거렸다.

"저기 엑스는 뭐에요? 일부러 쓴 거죠? 안 지워지던데."

"흐흐. 아무것도 아냐."

아버지는 허리를 세우며 호흡을 골랐다.

"연락도 없이 이리 불쑥 찾아올 줄은 생각도 못 했어."

나를 보는 아버지 눈빛이 달라지고 있었다. 무언가가 시작된다는 느낌이 왔다. 길게 숨을 내쉬었다. 허리를 세워 앉으며 말했다.

"갑자기 온 건 아니에요. 오래전부터 이렇게 오고 싶었어요."

아버지는 마른입을 다시며 귤이 담긴 쟁반을 내게로 밀며 말했다.

"그새 시간이 너무 많이 흘렀다. 많이 원망했지? 네게 할 말이 없다."

아버지는 어금니를 꾹 다문 뒤, 거푸 마른세수를 했다. 손바닥이 수염을 스칠 때도 사포를 마주 잡고 비비는 소리가 났다.

"일은 힘들지 않으세요?"

차분해져야 한다고 다시 생각했다. 아버지는 보일 듯 말 듯 한 웃음을 흘리며 말했다.

"아까부터 네가 어머니처럼 말하는구나."

"아. 죄송해요."

"아니다. 네가 죄송할 게 뭐가 있니?"

"할머니가 아버지 일이 힘들다고 하셔서…."

"처음엔 힘들었지만 이제 몸에 익어 괜찮아. 산에 들어가면 혼자서 하는 일이라 마음이 편해. 적성에도 맞고."

아버지는 손바닥으로 방바닥을 쓸며 말했다. 할머니가 방바닥에 앉으면 하던 손버릇이었다. 쓸어 모은 것들을 손가락 끝으로 집어서 쓰레기통에 넣은 아버지는 창문으로 눈길을 보내며 쓸쓸히 말했다.

"네 학교생활을 한 번도 챙겨보지 못했네. 고등학교는 정해졌니? 물어보기도 부끄러워."

"그런대로 재미있게 보냈어요. 진학할 고등학교도 정했고요."

"그래?"

"나무를 공부하는 고등학교에 가려고요."

아버지는 베개 옆에 쌓인 도감들을 힐끗 보고 머리를 긁적이다가 물었다.

"나무를 공부하는 학교?"

"네, 농업계 특성화 고등학교에 가려고요. 기숙사도 있어요. 장학금도 어렵지 않게 받을 수 있고, 진학도 유리해요. 졸업하고 더 공부해서 나무 의사가 돼서 국립공원에서 일하고 싶어요."

"그렇구나! 고마워. 아무런 도움이 못 돼서 미안해."

아버지 눈가가 발갛게 변하고 있었다.

"괜찮아요."

마른침을 꾹꾹 눌러 삼킨 아버지는 목소리를 바꾸려고 애를 쓰며 말했다.

"고맙다. 나무 의사, 그런 사람들 이야기는 들었어. 지금 하는 일과 관련이 있으니까. 근데 기숙사는 꼭 가야 하니?"

"네, 학교가 남원에 있어요."

"아! 남원…."

아버지는 눈을 감은 채 고개를 뒤로 젖히고 가만히 있었다. 양쪽 눈꼬리에서 시작된 두 갈래 주름이 귓바퀴 쪽으로 이어져 있었다.

"아버지!"

아버지는 빤히 보이는 길 앞에서 머뭇거리고 있었다. 에둘러갈 이유가 없었다. 마음속에서 울렁이던 것이 울컥 밀고 나왔다. 허리를 세우며 다가가자, 아버지는 급히 눈을 떴다. 눈빛이 조금 떨렸다.

"아버지, 이제 말씀해 주세요. 제가 알고 싶은 게 뭔지 아시잖아요."

"…."

아버지는 다가앉는 내 눈길을 피하여 머리카락을 뒤로 쓸어 넘기고 또 마른세수를 했다. 마른침을 연이어 삼키고, 턱을 만지다가, 화장실에 다녀왔다. 이불 밑에 손을 넣어보고, 어금니를 꾹꾹 다물다가 드디어 말을 시작했다.

"네가 어머니한테서 얼마만큼 들었는지는 모르겠지만…. 아버지가 하던 공장이 망하고 우리가 반송으로 쫓겨와서…."

할머니에게서 들은 이야기를 떠올렸다.

"네. 아버지 중학교 때까지는 대강 알고 있어요."

"…."

"반송 집도 기억나요. 할머니가 반송에서 두 번째 집이라고 했어요."

아버지는 목젖이 오르내리도록 침을 삼켰다. 나는 아버지를 바라보며 반송집이 있던 컴컴한 골목을 떠올렸다. 골목에는 고양이가 자주 나타났다. 고양이는 골목을 달리다 담장까지 한 번에 뛰어올라 지붕으로 도망치곤 했다. 고양이가 자주 나타나던 골목마다 대문 옆에 있던 밥과 생선토막도 떠올랐다. 아버지 마음도 그쯤에 있을 것이었다. 아버지와 가야 할 길 위에 나란히 올라섰다고 생각했다.

"아버지가 집을 나간 뒤, 어머니가 빚쟁이들에게 무슨 일을 당하는지 다 봤다. 어머니는, 처음부터 지금처럼 말수가 적은 분이 아니었어. 큼! 큼!"

아버지는 몇 마디 이어가다 연이어 큼! 큼! 소리를 냈다. 그래도 개운찮은 듯 왼쪽 가슴께를 주먹으로 툭툭 쳤다. 그러곤 어금니를 몇 번 깨문 뒤 말을 이었다.

"작정하고 쳐들어와서 돈을 내놓으라는 그들을 막을 수가 없었어. 대들다가 집 밖으로 끌려 나가며 소리쳤지만, 누구 하나 도와주는 사람이 없었다. 낮에는 텅 빈 굴 같은 동네였어. 그들이 돌아간 뒤 어머니는 입술이 터진 채 정신을 놓고 푸들푸들 떨고 있었다. 장롱이며 서랍 속 물건들은 죄다 꺼내져 널브러졌고. 그 사람들과 싸울 수도 없었다. 나는 그때 중학생이었어."

아버지는 말을 멈추고 거칠어진 숨을 가다듬었다. 나도 아버지처럼 숨이 쉬어졌다. 아버지는 이야기를 다시 시작하는 것처럼 차분히 말하려고 애를 썼다.

"어머니가 정신을 차린 뒤, 그 사람들을 신고하자고 했지만, 어머니는 내 입을 막았어. 일을 시키고 임금을 주지 못한 우리 잘못이 더 크다고…."

말을 멈춘 아버지는 결국 껵껵대기 시작했다. 아버지를 바로 보지 못하고 고개를 뒤로 젖혔다. 울면 안 된다! 위기가 너무 일찍 왔다고 생각했다. 눈을 감고 아버지가 숨을 고르기를 기다렸다.

"그 뒤로 몇 번이나 더 찾아와서 또 그러고. 어머니는 그렇게 당하고도 말없이 식당에 나가고. 집에 와서 내 밥상을 차리는 모습을 보면 정말 미칠 것 같더라."

아버지는 호흡을 가라앉히기 위해 애를 썼지만, 금세 다시 가빠졌다.

"밤마다 우는 어머니를 보면 짜증이 치솟았어. 집을 나가버린 아버지가 밉더라. 아버지 흔적이 남은 것을 다 버렸어. 닥치는 대로 부숴버리고 싶었지. 모든 게 아버지 때문이라고 생각했으니까."

급히 쏟아내는 아버지 눈이 벌겋게 달아올랐다. 할머니가 말한 불이 타올랐다는 눈빛이 저랬을까? 앉음새를 바꾸어 앉으며 마구 내달리는 아버지를 바라보았다.

"그땐, 내가 나를 어쩔 수가 없었어. 어머니가 차린 밥상 위에 놓인 멸치도 한 마리씩 울부짖는 것 같았으니까. 어머니가 차라리 아버지를 원망하거나, 빗나가는 나를 나무라거나, 때리기라도 했다면…. 일부러 오토바이 소음기를 떼어내고 미친 듯이 날뛰었어. 어디로든 날아가 버리고 싶었으니까. 흑흑."

아버지는 다시, 항복하는 군인처럼 두 손을 방바닥에 짚고 고개를 떨구었다. 들썩거리는 아버지 어깨를 보다가 고개를 들어 창밖을 보았다. 눈발이 아까보다 약해져 있었다. 악착같이 눈에 힘을 모았다. 아버지는 고3을 지나가고 있었다.

물을 한 컵 받아와서 아버지 앞에 내밀었다. 아버지는 숨을 고르며 천천히 물을 마셨다. 창틀이 바람에 밀려 삐걱거렸다. 아버지는 또 머리를 뒤로 쓸어 넘기며 사포 비비는 소리를 냈다.

"그때, 네 엄마를 만났어."

불쑥 한마디를 던진 아버지는 다시 허리를 세워 앉았다. 아버지와 눈이 정통으로 마주쳤다. 누구도 눈을 피하지 않았다. 눈을 마주 본 짧은 시간에 여태 들었던 이야기가

다 사라진 듯했다. 금세 아버지와 나 사이에 엄마가 들어올 자리가 만들어졌다. 다시 앉음새를 바꾸며 들을 준비가 됐음을 알렸다.

"그때, 네 엄마는 가출한 상태였어. 막일하는 아버지 술주정과 손찌검으로 공부할 형편이 아니었지. 그때는, 집 주위에 그런 집이 많았어."

말을 멈춘 아버지가 숨을 골랐다. 아버지는 마른 입술을 핥으며 천장과 창밖으로 번갈아 눈길을 보냈다. 달려드는 무엇을 떼어내려는 눈빛처럼 보이기도 하고, 멀어지는 어떤 것을 붙들며 아쉬워하는 것 같기도 했다.

"그때 네 엄마는 집을 나온 뒤, 금사공단에 다니고 있었는데 비 오는 날, 걸어가는 네 엄마를 오토바이에 태워준 뒤 친해졌어. 장애가 있는 동생과 엄마를 아버지에게서 구해내려고 악착같이 돈을 모은다고 했어. 우리는 빨리 친해졌지. 우리를 해치려는 사람들에게 둘러싸였다는 두려움 때문에 우리끼리 가까워질 수밖에 없었어. 우리는 서로에게로 도망쳐버렸던 거야. 세상 어디로도 갈 곳이 없었으니까."

"아! 엄마 이야기는 처음 들어요."

"그럴 테지. 누구에게도 말하지 않았으니까…. 그러다 사고가 나서 입원하고. 퇴원한 뒤 너를 알았어. 너무 놀라서, 상상도 하지 못한 일이라…. 아무것도 할 수 없었어."

고개를 떨어뜨린 아버지는 흐르는 눈물을 닦아내지 않았다. 양손을 방바닥에 짚고 방바닥에 떨어지는 눈물을 내려다보고 있었다. 아버지를 바라보며 눈을 감았다.

엄마가 안고 온 강보를 아버지에게 내밀고 있었다. 떨리는 손으로 받아 안은 아버지, 엄마는 아버지를 바라보며 울먹였다. 미안하다고, 나을 수 없는 병을 얻은 엄마와 장애를 가진 동생을 돌봐야 하기 때문에…. 김연수라 이름 짓고, 예쁜 옷 사주라며 돌아서는 엄마, 주저앉은 할머니. 아버지는 고개를 숙인 채 그대로 있었다.

"아버지! 아버지를 원망하지 않아요. 아니 원망은 벌써 다 했어요."

마음을 드러내지 않으려고 애를 썼지만 '원망은 다 했어요.'라고 말할 때 윗입술이 바르르 떨렸다. 아버지는 천천히 고개를 들며 말했다.

"어머니는 가끔 네 소식을 알려주곤 했다…. 그럴 때마다 솔직히 네가 무서웠다. 네 앞에서 먼저 말을 꺼낼 수가 없었다."

아버지는 엄마가 보이는 문 앞에서 다시 머뭇거렸다. 겨우 보일 듯 말 듯 한 엄마의 모습을 어서 확인하고 싶었다.

"아버지, 엄마 이야기를 더 듣고 싶어요."

아버지는 눈을 감았다. 깊은 곳에 숨긴 뜨거운 것을 끄집어내어 다독거릴 시간이 필요할 것이었다. 나는 잠자코 기다렸다. 이윽고 아버지 입가가 씰룩거렸다. 그러다 한참 머금고 있던 것을 툭 뱉었다.

"네 엄마는 결혼했더라."

아버지는 다시 고개를 뒤로 젖혔다. 눈물이 주름을 따라 볼로 흘러내렸다. 훔칠 생각이 없는 듯 멍하니 그대로 있었다. 나는 갑자기 흐려지는 벽을 눈길로 밀며 안간힘을 썼다.

엄마가 결혼했다!

아버지 입에서 나온 말이 정통으로 가슴을 뚫고 들어왔다. 어떤 표정도 지을 수 없었다. 잠수할 때처럼 쐐쐐 하는 소리만 들렸다. 눈을 감고 그 소리가 사라지기를 기다렸다.

"부산 집에서 지껄이고 온 날 너도 기억하지? 어머니가 그 밤에 네가 깨어 있었다고 알려주었어. 너는 내 말을 다 듣고도 아무 말도 하지 않았지. 그런 네가 무서웠다. 네가 마음에 차곡차곡 미움을 쌓는다고 생각했어. 내가 아버지를 미워했던 것처럼."

말을 잠시 멈춘 아버지는 다시 서걱거리는 소리를 내며 머리를 쓸어 넘겼다.

"네가 엄마에 대해서 어떤 말을 해도 나는 할 말이 없어. 이전에 원양어선을 타다가 들어와서 만난 적이 있었어. 부모님은 다 돌아가시고. 대구에서 섬유공장에 다니며 동생과 둘이 살고 있더라. 그때 네 엄마는 너에 대해서 아무

것도 묻지 않더라. 잘 크는지? 이름은 김연수로 지었는지? 그런 건 물어볼 줄 알았는데…. 그래서 너에 대한 이야기를 전하지 못하고 그만 일어서고 말았어. 미안하다 연수야!"

"엄마는 왜 그랬을까요?"

"네 엄마도 왜 묻고 싶지 않았겠니? 말을 꺼내면 감당하기 힘들다고 생각했겠지. 부모를 다 보내고 지적 장애가 있는 남동생과 둘이 살고 있다고 했으니까. 이제는 이해해. 하루하루를 살기 힘든 사람에게 당장 살아남는 것보다 뭐가 더 중요하겠니?"

"…."

"부산에서 그러고 온 뒤, 네가 언젠가 물어 올 줄 알았어. 정확히 알려야 한다고 생각했어. 그래서 작정하고 다시 찾아 나섰다."

아버지는 눈을 들어 천장을 보고 눈을 끔뻑였다. 남은 이야기를 마저 끌어내려고 용을 쓰는 듯했다.

"어렵게 네 엄마를 찾았지만…. 큼…. 네 엄마는 결혼했더라. 구미에서 초등학교에 들어갔을까 싶은 남자 아이와, 두어 살 아래로 보이는 여동생 남매를 키우고 있었어. 남편은 자동차 정비공장에 다니고, 네 엄마는 장애인 동생을 데리고 조그만 식당을 하더라. 말 한마디 붙이지 못하고 이틀 동안 멀리서 보기만 하다가 돌아왔어. 네 엄마 손을 잡고 가는 그 아이들을 보고 돌아설 수밖에 없었어…. 미안하다.

정말 미안하다, 연수야."

　아버지는 입을 막고 우는 소리를 내며 무릎에 이마를 대고 어깨를 들썩였다. 방을 채운 공기가 아버지가 내는 울음소리를 따라 흔들렸다. 숙어진 아버지를 보며 이제 더 나아갈 데가 없는 곳까지 왔다고 생각했다. 이제 길에서 벗어나야 했다.

　눈을 감고 '엄마가 결혼했다.'라는 말을 되씹었다. 처음에는 물 밖에 나온 물고기처럼 퍼덕거리던 말이 몇 번 더 말하자 차차로 가라앉았다. 어떤 힘이 퍼덕이는 물고기를 쓰다듬으며 토닥이는 것 같았다. 점차로 안정된 물고기는 눈을 껌벅이다 물속으로 미끄러져 들어갔다. 물은 곧 잠잠해졌다. 놀라운 일이었다. 머릿속에 자욱하던 안개가 사라지고 어떤 그림이 천천히 떠올랐다. 엄마를 지켜보다 뒤돌아서서 걸어가는 아버지였다.

　아버지는 아직 꺽꺽대고 있었다. 숨소리가 고르게 되기를 기다리며 다시 눈을 감았다. 이번에는 엄마가 나타났다. 식당 일을 마치고 집으로 가는 엄마는 할머니와 키가 비슷했다. 엄마를 보고 두 아이가 집에서 달려 나왔다. 여자아이가 엄마에게 안겼다. 곧 남자아이도 엄마에게 다가갔다. 여자아이를 안은 엄마는 한 손으로 남자아이 머리를 쓰다듬었다.

　곧 공장에서 일을 마친 남편이 돌아왔다. 엄마가 남편

옷을 받아 들자, 남자아이가 남편에게 안겼다. 남편은 환하게 웃었다. 엄마도 마주 보고 웃었다. 웃는 눈시울이 낯익었다. 나는 엄마 눈을 피해 희미하게 웃어주고 아버지처럼 돌아섰다.

아버지는 여전히 흐느끼고 있었다. 울음을 그칠 때를 기다리며 눈을 감았다. 문득 먼 데서 낯선 바람이 불어왔다. 바람은 따듯했다. 따듯한 바람은 곧 온몸으로 번져갔다. 알 수 없는 큰 힘이 등을 쓰다듬는 것 같았다. 나는 금세 따듯하게 데워졌다. 순식간에 일어난 변화였다. 아버지와 엄마 마음이 투명하게 다 보였다. 정말, 거짓말처럼 어떤 아쉬움도 남아 있지 않았다.

눈을 떠 아버지를 바라보았다. 무릎을 싸안은 어깨가 조붓해 보였다. 엉덩이를 밀어 아버지에게로 다가갔다.

"아버지! 이제 됐어요. 더 알고 싶은 게 없어요. 그리고 정말, 음…. 엄마도 이해해요."

아버지는 고개를 들었지만 한참 동안 말이 없었다.

"이제 됐어요. 정말 괜찮아요."

"연수야, 미안하다."

아버지가 내 어깨를 당기며 무너졌다. 어깨에 더운 입김이 스며들었다. 한참 동안 그러고 있다가 팔을 풀고 일어섰다. 창문을 열었다. 찬바람이 급하게 방 안을 휘돌았다.

아버지는 말없이 밖으로 나갔다. 곧 푸푸 세수하는 물

소리가 났다. 수건으로 얼굴을 훔친 아버지는 옆으로 다가와서 함께 창밖을 바라보았다. 눈송이가 외등 불빛을 향해 어지럽게 달려들고 있었다. 금방 이마에 찬 기운이 달라붙었다. 창문을 닫고 앉으며 물었다.

"봄에 기숙사에 가면 할머니 혼자 남는데, 아버지는 계속 여기서 일을 해야 해요?"

앞에 앉은 아버지는 혀로 아래위 입술을 차례로 닦아내며 표정을 바꾸려고 애를 쓰며 말했다.

"산에서 일하면서 다짐한 게 있어. 어머니를 다시 산으로 모시는 거야. 다시 지리산으로 모실 때까지는 이 일을 할 수밖에 없을 것 같아. 내 형편에 다른 일을 구하기도 어렵고, 이 일도 내겐 고마울 뿐이야."

"네. 할머니는 아버지가 너무 힘들지 않았으면 하셔서…."

"이것저것 했지만 먹고사는 일이 만만한 게 아니더라. 어디 쉬운 일이 있겠니. 아직 한참 더 일해야 한다. 네 학비도 보태야 하고."

"네. 할머니도 아버지 덕분에 우리가 살아낸다고…."

아버지가 빠르게 내 말을 자르고 말했다. 아버지는 어느새 운 흔적을 지우고 있었다.

"아직 어머니도 모르지만 백무동 버스 터미널에서 그리 가깝지 않은 곳에 봐둔 땅이 있어. 전에 같이 일하던 사람

고향 땅인데, 내게 팔기로 약속했어. 그리 넓지는 않지만 그 정도면 어머니 소일거리는 될 거야. 좀 더 벌면 살 수 있을 거야. 그때까지 어머니가 건강하셔야 할 텐데….”

"아! 할머니가 얼마나 좋아하실까요?”

"그 땅에 들어가면 어머니랑 함께 살 거야. 벌 키우고, 날일도 다니고, 산을 빌려서 약초 농사를 하면 먹고살 수는 있을 거야. 가난하게 사는 건 익숙해서 겁나지 않아. 이제 나도 산속이 편하고.”

"할머니도 좋아하실 거예요.”

"그렇겠지?”

"그럼요. 확실해요. 늘 옥상 화분에 심은 것들에게 가두어서 미안하다고 하세요.”

"흐흐, 어머닌 그러실 테지.”

아버지의 입꼬리가 살짝 들렸다. 말을 마친 아버지는 벽에 등을 기대고 눈을 감았다. 형광등 불빛을 받은 아버지를 자세히 보았다. 아버지 얼굴을 자세히 보는 것은 처음이었다. 오른쪽 눈 위 이마에서 시작한 가는 흉터 자국이 귀 위 머리카락 속으로 이어져 있었다. 눈썹이 꿈틀거리자 눈썹 사이에 깊은 줄이 하나 생겼다가 사라졌다. 결심을 꾹꾹 다지는 것 같았다.

"아버지는 이제 자연인이 되겠네요! 아버지는 자연인이다!”

"호호, 할 줄 아는 게 그런 것뿐이야. 산에 들면 편하고, 그동안 여기저기서 주워들어서 사람에게 필요한 것도 제법 찾을 줄 안다. 말하고 나니 참 무책임한 말이구나. 미안하다, 연수야."

아버지는 조금 더 내게로 다가왔다. 아버지가 손을 뻗어 내 손을 덮었다.

"미안해하실 건 없어요. 돌아가셨던 아버지가 다시 왔는데요."

목을 꽉 채우는 것이 있었지만 힘주어 눌러 앉혔다. 아버지는 말을 잇지 못하고 손에 힘만 주었다. 그러다 갑자기 생각난 듯 물었다.

"기숙사 생활은 괜찮겠니?"

정말로 내가 미심쩍어서 묻는 것인지, 안 가길 바라는 마음이 남아선지 알 수 없었지만, 분명히 해두어야 한다고 생각했다.

"네, 타 시도 출신 입학생 우선이래요. 할머니와 의논했어요."

"쉽게 허락하셨고?"

"제가 결정하라고 하셨어요. 너무 걱정하지 마세요."

"타지에서, 혼자 학교생활 하는 건 괜찮겠니?"

"오토바이는 타지 않을게요."

"뭐?"

눈 내리는 밤

아버지는 픽 터지는 웃음인지 울음인지를 막으려고 주먹 쥔 손을 입에 댔다가 그대로 고개를 떨어뜨렸다. 곧 피식거리는 소리가 났다.

"연수야!"

고개를 든 아버지 얼굴은 눈물범벅이었다. 마주 보지 못하고 손수건을 내밀었다. 아버지는 눈물을 훔치고 다시 나를 불렀다.

"연수야! 이리 온. 아들 한 번 안아보자!"

두 팔로 엉덩이를 밀어 아버지께로 바짝 다가갔다. 깔끄러운 수염이 볼에 닿았다. 아버지가 한 손으로 어깨를 당기며 나머지 한 손으로는 머리와 어깨와 등을 훑어 내렸다. 서걱거리는 소리.

팔을 둘러 아버지를 안았다. 두른 팔을 조금 당겼다. 아버지도 엉덩이를 밀어 다가왔다. 아버지는 내 품에 다 들어왔다. 손아귀에 잡힌 어깨가 돌멩이 같았다. 아버지가 내 어깨에 이마를 얹었다. 빗장뼈에서 가슴으로 뜨듯하게 젖는 느낌이 내려왔다.

뜨듯하던 가슴께가 서늘해졌을 때, 아버지 어깨너머로 흐릿해진 X 두 개가 보였다. 어깨를 뒤로 빼며 물었다.

"아버지, 저 엑스는….'

"아까도 묻더니…. 그걸 꼭 알아야겠니?"

"일부러 써 둔 것 같아서요."

아버지가 몸을 떼고 주섬주섬 일어섰다. 나도 엉거주춤 따라 일어섰다. 아버지는 엑스를 힐끗 보곤 벽을 보고 앉아 두 다리를 폈다. 그러더니 윗옷을 훌렁 벗고 드러누웠다. 엑스는 아버지의 양쪽 어깨에 정확하게 깔렸다. 누운 채 고개를 든 아버지가 장롱 쪽으로 돌아보며 말했다.

"아까 내가 입었던 옷, 옆 주머니에 손을 넣어봐!"

주머니 안에는 겉봉지가 뜯어진, 붙이는 파스가 있었다. 아!

파스 두 장을 꺼내 엑스 위에 놓았다. 아버지가 눕자 두 어깨가 정확하게 파스를 덮었다. 아버지는 씩 웃으며 이쪽저쪽으로 어깨를 비비며 버둥거렸다. 그러곤 만족한 듯 씩 웃으며 앉았다. 아버지 양쪽 어깨에 파스가 붙어 있었다. 등 뒤로 다가가 주름진 파스를 폈다.

"매일 톱질을 하니까 팔목이나 어깨가 아파. 팔목은 내가 붙여도 되는데 어깨는…."

아버지 어깨를 당겨 안았다. 흠칫 놀란 듯 몸이 굳은 아버지를 더 당겨 어깨에 이마를 얹었다. 파스를 붙이려고 지렁이처럼 꿈틀거렸을 아버지! 기어이 눈시울을 타고 흐르는 것이 있었다. 아버지가 더듬더듬 내 손을 잡았다. 둘 다 할 말을 잊은 채, 한참 동안 그대로 있었다.

다음 날, 아버지는 이른 아침부터 바빴다. 터미널에 전화해서 버스가 다니는지 묻더니 어딘가로 급히 나갔다. 누운 채 종종거리는 소리를 들었다. 푹 잔 느낌이 개운했다. 천천히 일어나 창문을 열었다. 창밖에는 처음 보는 풍경이 펼쳐져 있었다.

빗금으로 쏟아지는 햇살 아래에서 먼 산들은 눈부신 흰 옷을 입고 있었다. 가까운 건물 지붕에서 날린 눈이 떨어질 땐, 빛 알갱이들이 땅으로 내려앉는 것 같았다. 온통 하얀 세상에 삐죽삐죽한 건물들만 네모난 눈을 시커멓게 뜨고 있었다.

바깥 풍경을 보면서 어제 일어난 일을 떠올렸다. 바깥 풍경이 바뀐 모습은 엊저녁 방 안에서 일어난 일과 억지로 맞춘 것처럼 맞아떨어졌다. 길게 숨을 들이마시며 기지개를 켰다. 양손에 큰 봉지를 들고 경비실 앞으로 들어서는 아버지가 보였다.

"천천히 나갈 준비하자."

거실에 봉지를 내려둔 아버지는 다시 밖으로 나가며 방을 향해 큰 소리로 말했지만, 나는 다시 이불 속으로 파고들었다. 따뜻함을 붙잡고 좀 더 꼼지락거렸다. 아버지가 누웠던 자리로 굴러가서 아버지 베개를 베고 누워보기도 했다.

누워서, 아버지와 잘 잤다고 할머니께 문자를 보냈다. 할머니는 앞뒤 없이 조심히 오라고만 쓴 짧은 답을 보내왔다. 엊저녁에 일어난 일은 아침에 아버지가 먼저 알렸을 것이다. 진이에게는 아빠라고 불렀다고 문자를 보냈다. 진이는 놀람 표정을 짓는 이모티콘을 보내더니 난데없이 고맙다고 답했다. 나도 고맙다고 답했다.

밖에 다녀온 아버지는 거실에 바리바리 놓인 짐을 다시 정리했다. 옆에 서서 바라보기만 했다. 말린 버섯, 따로 묶은 몇 가지 묵나물, 사과즙, 말린 사과 등등. 봉지가 예닐곱 개나 되었다. 아버지는 봉지를 차곡차곡 배낭에 넣으며 말했다.

"어머니는 산에서 나는 것을 좋아하셔. 여긴 산이 깊어서 이런 게 많아."

"할머니가 정말로 좋아하시겠어요."

아버지는 배부른 배낭 옆에 비닐 가방 두 개를 세운 뒤, 안주머니에서 봉투 하나를 꺼내서 내밀었다.

"그리고 이거…. 얼마 안 되지만, 할머니 모르는 네 용돈 해라. 음…. 이렇게 봉투에 넣어서 주는 게 내 꿈이었는데, 이런 날이 오긴 오는구나. 객지에 가면 필요할 거야."

아버지가 내민 산림조합이라는 글씨가 박힌 봉투를 바라보았다. 두툼했다. 봉투 안에는 어젯밤에 다하지 못한 이야기가 들어 있다고 생각했다.

"너무 많아요."

"오토바이 살 돈은 안 될 게다. 호호."

"아껴 쓸게요."

봉투를 받자, 아버지가 어깨를 툭 쳤다.
"가자! 터미널 근방에서 밥 먹고 나면 얼추 버스 시간이 될 게다."
손 쓸 틈도 주지 않고 배낭을 메고 양손에 하나씩 봉지를 든 아버지가 앞서 걸어 나가며 말했다.

꿈

청송에 다녀온 뒤 몸과 마음이 전에 없이 홀가분했다. 나만 그런 게 아니었다. 할머니도 표정이나 몸짓이 눈에 띄게 달라졌다. 웃어도 다 거두지 못하던 눈 밑 우묵한 그늘이 사라졌다. 옥상을 오르내릴 때나, 내게로 걸어올 때는 처음 보는 가벼운 걸음걸이였다.

종종 아버지와 나눈 이야기를 되짚곤 했다. 전기문을 공부할 때처럼 아버지에게 일어난 일을 나이에 따라 정리하기도 하고, 방바닥에 파스 크기로 종이를 잘라 두고 어깨에 붙이려고 꿈틀거려보기도 했다. 또 포털 스카이뷰로 백무동 근처를 찾아보고, 아버지가 그랬을 것처럼 싱긋 웃기도 했다. 산으로 들어가는 아버지를 배웅하는 할머니를 떠올리기도 하고, 아버지가 왜 백무동 버스터미널에서 멀지 않은 곳이라 하지 않고 '그리 가깝지 않은 곳'이라 했는지 곰곰이 생각하기도 했다.

진이가 엄마 재혼 소식을 알린 것은 겨울방학이 끝나고 개학한 뒤였다. 5월에 결혼식 날을 잡았다고 했다. 진이 말은 여전히 기울기가 없는 강을 흐르는 물 같았다. 심드렁히 말하는 진이에게 말했다.

"축하해드려. 좋은 일이잖아."

"몰라!"

"네 축하를 가장 받고 싶을걸."

"몰라. 나는 엄마가 왜 재혼하는지 솔직히 모르겠어."

"그게 더 좋은 길이라고 생각하셨겠지."

"하긴, 누가 그러더라고. 다 좋은 건 없다고. 그 말은 다 나쁜 것도 없다는 뜻이라고."

진이가 이것저것 몰아넣고 가방을 닫아버리듯 말했다. 장난을 걸고 싶었다.

"뭐야? 그 사람 이상하네. 좋은 건 좋은 거고, 나쁜 건 나쁜 거지, 그게 왜 같아?"

"그러게. 그 사람 원래 좀 이상해."

"코로나 후유증인가?"

"그럴지도 몰라. 어떨 땐 정상 같은데, 어떨 땐 정말 이상해."

"내버려 둬."

"그러려고."

전화를 끊자 닫은 가방을 지고 길을 나서는 진이가 보

이는 듯했다. 표정은 보이지 않았지만, 가방은 그리 무거워 보이지 않았다.

며칠 뒤, 진이는 또 뜻밖의 소식을 전했다. 제주도에 가서 류민을 만나고 왔다고 했다. 새아빠가 될 아저씨 가족과 진이네 가족이 함께 간 주말여행에서였다. 여행 중에 진이는 혼자 빠져나와 류민을 만난 것이었다.

진이는 마음을 다잡고 따라나섰지만, 여행은 불편했다. 낯선 사람과 한집에서 먹고 자는 것은 생각보다 힘들었다. 생일이 두 달 빨라 오빠가 된 아저씨 아들과는 눈도 마주치지 못했다. 자연히 아저씨가 안 보일 때 엄마에게 새된 소리가 나왔다. 그러고는 어쩔 줄 몰라 하는 엄마를 보면 자기가 여행 분위기를 깨는 것 같아 마음이 불편했다.

여행 둘째 날, 한라산 둘레길을 걷던 중에 문득 류민이 떠올랐고, 급작스럽게 계획이 섰다. 엄마 몰래 류민에게 제주도에 가족여행을 왔다고 문자를 보냈다. 곧 답장이 왔고, 류민이 숙소 근처로 오기로 약속을 잡았다.

"내가 이겨낼 수 있다는 것을 분명히 확인하고 싶었어. 문자를 보낼 때 손이 많이 떨렸지만, 이겨내야 한다고 생각했어. 음, 내가 내게 거는 전쟁이라고 생각했어. 이기지 못하면, 언제나 마음속으로 원망만 할 것 같았어. 그렇게 살 수는 없잖아! 정말 이를 악물었어."

엄마에게는 거짓말을 했다. 마침 친구 가족도 근방에서 가족여행 중이라, 친구와 잠시 만나겠다고 했다.

저녁 무렵에 류민을 만났다. 류민은 생각보다 밝은 얼굴로 진이를 맞았다. 계속 웃었지만, 느물거리는 느낌은 아니었다. 진이는 어떤 표정도 짓지 않으려고 애를 쓰며 앞서서 걸었다. 돌담으로 둘러친 선인장밭을 지나 대숲으로 이어지는 길가에 벤치가 마주 보고 있었다. 진이가 앉자 류민이 맞은편 벤치에 앉았다. 눈을 마주친 류민은 어색한 웃음을 멈추고 정색하며 말했다.

"다시 진심으로 다시 사과한다. 용서해줘."

류민은 고개를 떨구고 그대로 있었다. 진이는 어금니를 깨물었다. '진심으로'라는 말이 가시처럼 목에 콱 박혔다. 아무 말도 하지 못하고 먼 데만 바라보고 있었다. 류민은 땅바닥을 바라보며 중얼거리듯 말했다.

"오늘도 성추행 가해자 심리치료를 받았어. 너에게 해서는 안 될 짓을 한 뒤, 스스로는 통제가 되지 않는다는 것을 알았어. 고등학교에 가자마자 아버지를 찾은 것도, 아버지에게 도움을 받고 싶어서였어. 아직 할머니나 어머니 앞에서는 솔직해질 수가 없어. 병원 치료를 받으면서 아버지와 귤 농사를 지으며 내 안에 들어 있는 악마를 완전히 물리칠 거야."

진이는 류민이 허투루 말한다고는 생각하지 않았다. 응

원하고 싶은 마음도 들었다. 그렇지만 그냥 돌아설 수는 없었다. 완전히 새 옷으로 갈아입고 싶었다. 고개를 숙이고 있는 류민 앞에 섰다. 류민을 내려다보자 마음속에서 뜨듯한 기운이 꿈틀거리기 시작했다. 류민은 고개를 들어 진심으로 용서를 빈다고 다시 말했다. 얼굴을 마주보자 가슴께에서 뭉치던 기운이 왈칵 솟구쳤다. 진이는 팔을 휘둘러 보이는 뺨을 힘껏 후려쳤다.

짝! 하는 소리에 놀란 건 류민만이 아니었다. 고개가 돌아간 채 엉거주춤한 상태로 몸이 굳은 류민도, 휘두른 팔을 다 거두어들이지 못한 진이도 어쩌지 못하고 한참 동안 그대로 있었다. 한참 지나 진이가 돌아서자 류민이 말했다.

"잠깐만! 네가 이렇게라도 해줘서 고마워. 그냥 알았다고만 했다면 내가 더 비참할 거야. 너도 이러기 쉽지 않았을 거야. 지금도 네가 얼마나 힘든지 다 알지는 못해."

류민이 울먹이기 시작했다. 진이는 휘둘렀던 팔이 떨리는 것을 보았다.

"전에 묻힌돌 회원들을 찾아가서 용서를 빌었을 때 그 아이들은 기억을 지우고 싶다고 했어. 내 사과가 그 아이들이 입은 상처를 다 감싸지 못한다는 걸 깨달았어. 너에게도 다 용서받았다고는 생각하지 않아. 네 마음이 조금이라도 편해질 수 있다면 나는 뭐라도 할 수 있어."

류민이 고개를 들어 진이와 마주 보았다. 진이는 벌겋

게 물든 류민을 바로 보지 못하고 고개를 숙였다.

"그리고 나, 휴학할 거야. 다 나았다는 확신이 들면 그때 다시 학교 가겠어. 병원 치료도 더 받을 거야. 아버지와 약속했어. 내가 죽고 싶도록 밉지만…. 지금은 이 말밖에 할 수가 없어. 지켜봐 줘."

류민은 말을 끝내고 먼저 걸어갔다. 진이는 류민이 대숲 뒤로 사라지는 모습을 바라볼 뿐이었다.

"손이 나갈 줄은 나도 상상하지 못했어. 어떤 힘이 갑자기 몰아쳤어. 고장 난 로봇처럼 손이 나가버렸어. 그래도 후회는 안 해. 솔직히 말하면 후련해! 팔이라도 휘두른 내가 좋아. 참기만 하는 건 나를 속이는 것이라고 생각해. 그냥, 그렇게 생각할래."

"…."

진이가 팔을 휘두른 힘은 무엇이었을까? 진이는 의사에게서 류민이 한 행동이 병 때문에 생긴 증상 중 한 가지라는 것을 듣고 알았다. 이제 류민을 원망하는 것에서는 분명히 벗어나 있었다. 진이가 팔을 휘두른 것은 이제 고통에서 벗어났음을 알리는 만세 부르기일까? 전화기를 댄 귀가 아플 때까지 둘 다 아무 말이 없었다. 한참 지난 뒤에야 겨우 다른 말을 찾았다.

"선배는, 이제 고3인데, 정말 휴학해?"

"설마 거기서 거짓말을 했겠어?"

"단단히 결심한 게 맞네."

"귤농사를 짓겠다고 했어."

"난 응원하고 싶어."

"누굴?"

"따귀를 친 너."

"왜?"

"넌 선배를 때린 게 아닌 것 같아."

"그럼?"

"아팠던 너를 쳐낸 것인지도 몰라"

"음, 어쩌면 그럴 수도 있고."

"네가 내 응원이 필요하지 않은 때가 온다면, 선배가 병을 인정하고 치료하겠다니까, 그것도 믿어보고 싶어. 네 말에서 선배는 많이 달라진 것 같아. 농사를 짓기 때문에 그럴 수도 있다고 생각해. 순이 트고, 꽃이 피고, 열매를 맺는 걸 보고 만지면, 음… 새롭게 보는 게 많을 것 같아!"

"다 아는 것처럼 까불지 마! 네가 농사지어 봤어?"

"어디서 읽었는지 모르겠는데, 농부를 사람의 아버지라고도 한대. 아버지는 사람을 먹여 살리기도 하지만, 태어나게도 하잖아."

"또 잘난 척하기는. 그래서?"

"선배는 두 아버지와 살면서 새롭게 태어날 수 있을 거야. 그랬으면 좋겠어."

"몰라!"

"그게 쉽지는 않겠지만 나는 믿고 싶어."

"몰라, 영감 땡감 아니랄까 봐 또 아버지, 아버지래! 끊어!"

고등학교에서 등록하라는 연락이 왔다. 등록 기간에 교육과정 설명회와 기숙사 오픈 행사도 열린다고 했다. 인터넷으로 소개 영상을 보고 등록할 수도 있지만 직접 학교에 가고 싶었다.

"할머니, 고등학교에 등록하래요. 인터넷으로 등록해도 되지만 직접 가서 보고 싶어요. 학교 구경도 하고요. 들어갈 기숙사도 볼 수 있대요."

할머니는 거실에서 햇살을 받는 고무나무잎을 걸레로 닦고 있었다.

"일찍 나서면 늦지 않게 다녀올 수 있어요."

"그러고 싶으면 그러렴."

"할머니, 나 고등학교에 가도 집에 자주 올게요."

"내 걱정은 하지 마라. 객지에서 살 네가 걱정이구나."

"아버지와 약속했어요."

"뭘?"

"오토바이 타지 않기."

"호호. 그런 얘기도 했니? 아범 속이 문드러졌겠구나."
"재미있게 이야기했어요."
"하룻밤 새 둘이 동무가 됐구나."
"에이, 그건 아니고요."

졸업식 날 밤에 진이와 길게 통화했다. 진이도 졸업식을 한 날이었다. 진이가 피아노 전공으로 예술 고등학교에 진학하기로 한 사실도 그날에야 알게 되었다.
"축하해. 졸업도, 합격한 것도."
"하이고, 일찍 말한다."
"합격했는지는 먼저 물어보는 게 아니래."
"하이고, 변명도 도가 텄어요. 음, 근데, 나 잘할 수 있겠지?"
"지금도 잘하잖아."
"그런 말 말고, 힘주는 말을 좀 해봐!"
"힘주는 말이 따로 있어?"
"야! 빠샤! 파이팅! 이런 말도 못 해? 그러니까 영감이라 하지. 이 꼰대야."
"영감마님, 도움말을 한마디만 해주소서 해봐! 그러면 한마디 해줄게."
"까불지 마! 그리고…. 음, 이제 병원에 그만 다니래. 의사 선생님이 입학선물이래. 잘 이겨냈다고 칭찬했어."

"아! 축하해. 그동안 고생했어."

"내 이야기를 숨김없이 남에게 할 수 있으면 얼추 나은 거래. 믿을 만한 사람에게 해보래."

"그래서 나한테 말하는 거야? 내가 가장 믿을 만하다는 거지?"

"아니, 어떤 영감에게 말하는 거야."

"그 영감은 무슨 죄람?"

"글쎄, 가짜 나이를 먹었는데, 나잇값을 못 하는 죄?"

"그게 죄가 돼?"

"그럼. 게임도 안 해. 인스타도, 페북도 안 해. 친구들이 얼마나 불편하겠어? 게다가 아빠를 아버지라고 불러. 곰팡내가 풀풀 난다니까. 그뿐이야? 나무와 이야기한다고 산에 돌아다니질 않나, 새를 보러 어디로든 돌아다니지. 온갖 잘난 체는 혼자 다 하니 그게 얼마나 큰 죄야?"

"아주 신이 났다."

"고등학교 안 가고 바로 노인대학으로 가도 될 거야."

"헐! 세계 최연소 여자 꼰대 챔피언이다. 담임도 그랬는데."

"좋겠네. 학비 덜 들어서."

"그럼. 학비 아껴서 망원경 달린 카메라 살래."

"뭐? 그건 왜?"

"새 보려고!"

"새? 지금도 보러 다니잖아."

"멀리 있는 새는 못 봐."

"멀리 있는 새를 왜 봐?"

"보고 싶어. 날아가는 모습도 자세히 보고 싶고."

"언제는 한 곳에 선 나무 본다며."

"그랬지. 근데 둘이 친하더라고."

"누구 둘?"

"새와 나무, 돌과 바람, 아니, 뭐든 자세히 보면 다 친한 것 같아. 그런 걸 찾는 게 재미있어."

"어쭈! 갈수록 가관이다. 너 곧 도사 수염 기르겠다."

"그럴까? 그나저나 너 진짜로 홀가분한가 봐?"

"그래 보여?"

"응. 방방 뛰는 게 다 보여."

"몰라, 영감 꼰대야!"

"그래, 맘대로 해라. 갖고 놀다가 제자리에나 갖다 놔."

"에휴, 이젠 아재 개그도 아니고, 완전 조상님 개그야."

"그러니까 잘 모시라고."

"으으, 징그러워…. 음, 나는 고등학교 가면 다른 사람이 될 거야. 완전히 다른 사람."

"다른 사람? 또? 그 말 무서운데…."

"내가 언제 그랬어?"

"아냐, 그런 게 있어."

꿈 251

"음…. 그리고 나 음악 치료사 될까?"

"음악 치료사?"

"응. 뭐 하는 사람인지는 대강만 알아. 너도 산에 다니다가 나무 의사 되겠다고 했잖아. 나도 치료받으면서 음악 치료사가 있다는 걸 알았어. 다 나쁜 건 정말 없나 봐."

"흐흐. 진로상담 선생님 울겠다. 그러고 보니 너 잘 아팠네!"

"까불지 마! 지금은 좀 설레는데, 나중에도 그렇겠지?"

"바보야? 왜 미리 겁을 먹어?"

"그렇지?"

"그렇겠지?"

"뭐든 '겠지?'네."

"우리 때니까 그렇겠지?"

"흐흐, 그렇겠지? 참, 그 학교는 어땠어?"

"생각보단 별로였어. 다 좋기만 하겠어?"

"공부하기 싫은데 잘 되었다는 말씀? 벌써 공부 안 할 핑계를 찾은 것 같은데."

"다른 공부는 잘 모르겠고, 나무 공부는 기다려져."

"피이. 그리고 음, 시계는 잘 가?"

"시계?"

"응."

"간혹 밤에 중얼거리긴 하지만 잘 가."

"시계가 밤에 중얼거려? 뭐라고?"
"뭐, 갑갑하대나 뭐라나?"
"그것도 주인 닮아 이상하네."
전화를 끊은 진이는 혀를 내밀고 메롱! 하는 이모티콘이 연이어 두 번이나 보냈다.

고등학교에서 타 시도 입학생들은 입학식보다 이틀 먼저 기숙사에 들어와도 좋다는 연락이 왔다. 짐을 쌌다. 옷과 책이 따로 한 배낭씩이었다. 배낭 둘을 벽에 기대어 두고 우두커니 앉아 방 구석구석을 둘러보았다. 침대와 벽면 곳곳과 천장, 창문에 여러 가지 눈물을 묻혔다고 생각했다. '이제 안녕! 자주 오겠지만 그땐 새롭게 만나.' 마음속으로 이별 인사를 했다.
짐을 다 챙겨두고 할머니 옆으로 갔다. 할머니는 언제 나처럼 고무나무잎을 닦고 있었다.
"할머니, 저, 내일 고등학교에 가요."
"입학식에 못 가서 미안하구나. 하필 독감에 걸려서."
"괜찮아요. 입학식엔 아버지가 오시기로 했어요. 할머니, 제가 가서 서운하지 않아요?"
"시원하진 않구나."
"헉! 할머니 개그다. 저, 자주 올게요."
"서로 마음을 알면 몸이 어디 있든지 다 한집에 사는 것

꿈 253

이지! 청송이나 부산이나 남원이나. 이름만 다르지."

"할머니 혼자 두고 가서 죄송해요."

"가면, 너도 혼자잖니."

"그래도…."

"다 그렇게 사는 게다."

"네."

"우리는 집을 키워 아주 큰 집에 살게 되었다고 생각하렴. 방 하나는 청송에, 또 하나는 남원에. 흐흐."

"…. 할머니! 나, 할머니 꿈이 뭔지 알아요."

그동안 참고 있던 말이 불쑥 나와버렸다. 인터넷 사진으로 몇 번이나 본 백무동 근방을 떠올렸다.

"뭐? 내 꿈? 내게 그런 게 있었어?"

"네. 꿈은 땀을 따라다니는 것 같아요. 가만히 있으면 없다가도 뭐라도 해서 땀이 날수록 또렷하게 보여요. 누워서 생각만 할 때보다 몸을 움직일 때 분명히 더 잘 보여요."

할머니가 고개를 끄덕이며 말했다.

"듣고 보니 그럴 듯도 하구나. 근데 내가 움직인다고 할 수나 있겠니? 겨우 꼼지락거리기만 하는데."

"마음을 다해서 움직였잖아요. 지금도 마음이 쿵쿵 움직이는 것 맞죠?"

"흐흐. 아니라고 못 하겠다."

"거봐요. 그게 꿈이 달려오는 소리예요. 꿈이 할머니를 찾아오는 소리!"

할머니 눈가에 잠시 머문 웃음을 읽었다. 꿈이 무어냐고 물으면, 백무동 이야기를 해야 하나 고민했지만, 할머니는 더 묻지 않았다. 어쩌면 아버지가 먼저 이야기를 했을지도 모를 일이었다.

거실 창을 통과한 햇빛이 고무나무에 얹히자 그림자가 거실을 가로질러 길게 드러누웠다. 할머니는 빛기둥이 닿아 반짝거리는 잎을 하나씩 닦다가 손을 멈추고 혼잣말처럼 말했다.

"이걸 좀 봐! 얼핏 보면 푸르게만 보여도 가만히 들여다보면 여러 가지 색이 보여. 아무 색깔도 없는 물을 받아먹고, 아무 빛깔도 없는 햇살을 받아서 거무튀튀한 흙에 뿌리 박은 이 애가, 어쩜 이렇게 고운 색깔을 만들었을꼬? 신비롭지 않니?"

작가의 말

긴 시간을 아이들과 함께했습니다.
많은 김연수와 허진과 정수와 류민을 만났습니다.
빛나는 이마를 앞세우고 나아가는 아이도 있었고,
아픔을 감추고 웅크린 아이도 있었습니다.

그들은 모두 크면서 아팠고, 아프면서 뚜렷해졌습니다.
숲속 나무처럼 서로 달랐지만,
씩씩하게 제 삶 속으로 나아갔습니다.
숲속 그늘이 푸른 것은
그들이 스스로 빛나기 때문입니다.

언제나 푸른 사람들을 응원합니다.

2025년 홍정욱